Band 6

# VERLIEBT IN MALLORCA

## Geschichten und Feuilletons reich illustriert

Herbert Heinrich
Band 6

# VERLIEBT IN MALLORCA

*Geschichten*
*und Feuilletons*
*reich illustriert*

EDITORIAL MOLL
Palma de Mallorca 1988

Illustrationen vom Autor


Monte Fornells 57
E-07160 Paguera/Mallorca
Telefon Palma 68 70 86

Verlag Editorial Moll
Torre de l'Amor, 4
E-07001 Palma de Mallorca
Telefon Palma 72 44 72

I.S.B.N. 84 273 0548-6

repa-druck
Zum Gerlen, Industriegebiet
D-6601 Saarbrücken-Ensheim

# Inhaltsverzeichnis Band 6

# *Erlebnisse auf meiner Terrasse in Cala Fornells*

Meine Terrasse ist der schönste und interessanteste Platz auf der Welt. Hier kann man ein ganzes Leben lang nur schauen, ohne jemals Langeweile zu empfinden. Die Terrasse liegt etwa 40 Meter über dem wechselhaften Meer, ihre linke Grenze wird von hohen Bougainvillea-Ranken verdeckt, die Blüten in drei verschiedenen Farben hervorbringen. Die rotvioletten blühen volle zwölf Monate im Jahr, wenn auch in unterschiedlicher Fülle, die orangefarbenen und karminroten Varianten dagegen zeigen ihre Blüten nur in bestimmten Monaten. Beide zusammen bilden dann mit dem Furioso der rotvioletten Blüten einen höchst aufregenden Farbklang, der die Kolibribienen anzieht und Schmetterlinge zum Taumeln bringt.

Eine Aleppokiefer verdeckt barmherzig den Blick nach Santa Ponça, läßt aber die Steilufer von Es Raco de ses Aguiles frei, so daß der Blick von dort über die kleine, durchlöcherte Foradada-Klippe und die Kanincheninsel zu den zerklüfteten Felsen der Insel Malgrats schweifen kann. Das Bild der Inseln wirkt zu jeder Tageszeit und bei jedem Wetter anders: romantisch verzaubert, wenn in sommerlichen Vollmond-Nächten die dunklen Klippen auf der Mondbahn schwimmen, während zwischen ihnen das Leuchtfeuer der Illa del Toro herüberblinkt und die Laternen der Fischerboote vor samtschwarzem Dunkel kleine grell-leuchtende Punkte bilden.

Im Winter dagegen kann es geschehen, daß die Gischt der anstürmenden Wellenberge an den mehr als 60 Meter hohen Steilwänden der Malgrats-Insel bis ganz nach oben steigt, obgleich sich vor meiner windgeschützten Terrasse kaum die Zweige bewegen und die Sonne scheint.

Wasserhosen habe ich von hier aus über der See aufsteigen sehen, aber auch kleine, seltsam kompakte, graue Wölkchen, die sich erst auf das Meer gesenkt hatten, um von dort wieder zu meiner Terrasse aufzusteigen. Dort haben sie wunderschöne Schneekristalle verstreut. Man mußte jedoch schnell hinschauen, denn bereits nach Sekunden wurde aus jedem Kristall ein kleiner feuchter Fleck auf den Fliesen.

Rechts, im Südwesten, springt die Punta de Na Cerdana mit ihren borstigen Felsen weit ins Meer vor und schützt die Cala Fornells. Hier ankern die Ausflugsboote der CORMORAN-Flotte, aber auch die Boote einiger Angler und Amateurfischer. An sonnigen Wochenenden jedoch liegen im Sommer dutzendweise Yachten in der Bucht, und in den folgenden Tagen müssen wir dann durch einen schwimmenden Schmutzteppich tauchen, wenn wir zum Schwimmen von unserer Leiter ins Meer gestiegen sind.

Lästig sind auch die lärmenden Motorboote mit Wasserskiläufern im Schlepp, die von der Cala Fornells wie magnetisch angezogen werden. Vor allem im Juni und August kommen sie aus der Ferne angebraust – eines hinter dem anderen. Sie alle ziehen in der Cala Fornells eine Schleife, ehe sie wieder davonknattern. Ganz besonders gräßlich knattern die "Wassermotorräder". Erfreulich ist dagegen der neue Trend zu leiseren Bootsmotoren.

Wer hier ein gutes Fernglas besitzt, bekommt einiges zu sehen: Jahrelang konnte er beobachten, wie mutige Leute an einem Schlepp-Fallschirm hängend über die Bucht gezogen wurden, um dann auf einer kleinen, schwimmenden Plattform wieder zu landen. – Sogar König Juan Carlos besuchte mit seinem ersten Schiff "Fortuna" oft unsere Bucht – damals, als "Estaca", die weiße Villa auf der vorspringenden Landzunge, noch einer spanischen Admiralsfamilie gehört hatte. Da konnte man dann zusehen, wie dem jungen Thronfolger das Wasserskilaufen beigebracht wurde.

Der Mann, der später dieses Traumhaus erworben hat, hat es mit bunten Fliesen beklebt und mit überdimensionalen Betonfiguren und wasserspeienden Beton-Delphinen geschmückt. Nachts blinkt von dort eine Art von "Zirkusbeleuchtung" herüber. Er muß wohl ein kindlich-fröhliches Gemüt besitzen. – Manchmal, wenn gerade ein Ausflugsboot vorbeikommt, läßt er sämtliche Fontänen sprühen und die Leute auf dem Ausflugsboot rufen: "Aaah!"

Das Erlebnisangebot durch die Boote ist vielfältig. Vor Jahren konnte ich beobachten, wie ein großes Motorboot vor der Malgrats-Insel ausgebrannt ist. Stundenlang ist eine dicke, schwarze Rauchsäule aufgestiegen. Und selbst während der ersten Nachtstunden konnte man noch das rote Feuer vor der dunklen Insel-Silhouette leuchten sehen. – Nach einem Sturm wurde uns Anliegern von Cala Fornells eine große Freude zuteil: Ein großes, ewig tief röhrendes Speedboat, mit Überrollbügel, hatte monatelang in der Bucht seine lauten, sinnlosen Kreise gezogen und die heilige Ruhe der Siesta gestört. – Aber dann kam die Rache des Himmels: Nach jenem Sturm ragte nur noch die Spitze des Krachmacherbootes traurig aus dem Wasser. – Ein paar Tage später wurde es mit großen Luftballons gefüllt und dann von einem kleinen Fischerboot abgeschleppt. Beim Anblick dieses Schauspiels waren unsere Gefühle zwar nicht besonders edel, aber fröhlich und herzlich.

Spielende Delphine sieht man nur selten in der Bucht. Aber einmal kam ein Kutter mit prallem Schleppnetz vorbei. Er wurde von großen Fischen verfolgt, die versuchten, das Netz zu zerreißen, um an die gefangenen Fische zu gelangen. "Ballaballa!" riefen die Fischer von unten herauf – aber wer hatte hier schon ein Gewehr zur Hand, um auf die angriffslustigen Fische zu schießen. Man konnte nicht erkennen, ob es Delphine, Thunfische oder Schwertfische gewesen sind. –

Kürzlich aber gab es ein Schauspiel, das stundenlang viele Zuschauer gefesselt hat. Sie wußten bereits aus ihren Zeitungen, daß ein Herr Kashoggi, der als "reichster Mann der Welt" bezeichnet wurde, soeben mit der "größten existenten Privatyacht" Mallorca einen Besuch abstattete. Und dann ankerte dieses Schiff tatsächlich hinter der Punta Na Cerdana, groß wie ein kleinerer Kreuzfahrt-Dampfer mit vier Decks – wenn man das Spezialdeck mit dem Hubschrauber-Landeplatz nicht mitzählt. "NABILA" und "Panama" stand auf dem Heck. Rechts und links konnten Landestege herausgeklappt und Boote zu Wasser gelassen werden.

Im Nu war die "größte Privatyacht der Welt" mit einem Schwarm von Booten umgeben. Hunderte neugieriger Augen starrten von allen Seiten. Selbst Windsurfer näherten sich dem Schiff, und ein winziges Leichtflugzeug kam von El Toro herübergeknattert, um sich das alles aus der Mövenperspektive anzusehen. – In Monte Fornells verfolgten wir das Schauspiel von den Terrassen aus mit unseren Ferngläsern. Informationen über Herrn Kashoggi, sein Alter, Beruf und Familienstand wurden ausgetauscht. – Es faszinierte alle Damen, daß er nicht verheiratet war.

Vielleicht saß Herr Kashoggi selbst in dem Hubschrauber, der von seinem Schiff aufgestiegen ist, um unsere Bucht und die umliegenden Berge mit gebührender Distanz und von oben herab zu betrachten? – Es ist ja schon toll, was sich der "reichste Mann der Welt" da so leistet! Der zeigt wenigstens seinen Reichtum so, daß wir alle etwas davon haben. – Was tun eigentlich unsere reichen Leute in Deutschland für das Ansehen des Reichtums? – Sie verstecken ihr Vermögen und sich selbst vor dem Finanzamt und allen Betrachtern und pflegen die abwegige Vorstellung, reiche Leute seien grundsätzlich arm dran. – Kein Wunder also, daß das Streben nach Reichtum deutlich nachgelassen hat und immer mehr Aussteiger nach Mallorca drängen. –

So etwas kann man dem Eigner der "NABILA" nicht nachsagen. Er landete wieder mit seinem Hubschrauber auf seiner riesigen Privatyacht in dem Bewußtsein, rundum von jedermann bewundert zu werden. Reichtum hat hier etwas Großartiges, was man offensichtlich coram publico genießen kann. – Die zuschauende Menge hätte beinahe "Hurra!" gerufen. Auf einem "fliegenden Teppich" hätte Herr Kashoggi kaum mehr Eindruck gemacht.

Als wir später von einem Waldspaziergang auf die Terrasse zurückkehrten, war die "größte Privatyacht der Welt" wieder verschwunden. Aber damit sind die Vorstellungen auf meiner Terrasse noch lange nicht zu Ende. Ich brauche mich nur nach unten zu beugen, um den Ameisen zuschauen zu können, die sich abmühen, eine tote Fliege in den schmalen Eingang ihres Nestes zu bugsieren.

Bei der Aufzählung meiner Erlebnisse hätte ich fast die Menschen vergessen, die mich auf meiner Terrasse besuchen, die Katze, "Prinzessin Michéle", der es als einziger Katze gelingt, hier herauf zu klettern und eine "Königin der Nacht", die bald ihre ersten Blüten öffnen wird; ganz abgesehen von Rotkehlchen, Geckos, Fledermäusen und einer kleinen Sternschnuppe, die soeben an mein Gedächtnis klopft.

# *Ein Sänger zum Abschießen*

"Uno, dos, tres!" tönte es über die Bucht. Clyde Mc. Kelly zuckte zusammen. Er hatte friedlich auf seinem Tombon gelegen und zu den Inseln hinüber geschaut, die da so schön von der Abendsonne vergoldet wurden. "Damn it, again this lousy son of o gun!" dachte er, und finstere Gedanken stiegen aus den dunklen Abgründen seiner Seele auf. Das geschah regelmäßig an jedem Sonntag, Montag, Mittwoch und Freitag, wenn auf der gegenüberliegenden Seite der Cala Fontanells die Lautsprecher ausprobiert wurden. Clyde Mc. Kelly wußte, daß wenige Minuten später, pünktlich um 21 Uhr, auf der Terrasse des CORONA-Hotels der Tanzabend beginnen und überlaute, plärrende Musik in seine Gehörgänge dringen würde.

Da drüben waren vier Lautsprecher so verteilt, daß sie die ganze Cala Fontanells bestreichen und terrorisieren konnten, ohne daß die wenigen Tanzenden durch überlaute Musik gestört wurden. Die Villen und Terrassenhäuser, mit denen die Bucht bebaut ist, umgeben sie etwa so, wie Tribünen ein Amphitheater umgeben – und das hatte akustische Folgen! Clyde Mc. Kelly hatte eigentlich die 9-Uhr-Nachrichten der BBC hören wollen, als aber die elektronisch gesteuerte Lautsprechermusik einsetzte, konnte er seinen Kurzwellenempfänger nur noch abschalten.

Mc. Kelly lebte seit sieben Jahren auf Mallorca in seinem Terrassenhaus über der Cala Fontanells. Er hatte den größten Teil seines Lebens als Großwildjäger in Indien und Afrika verbracht und später eine Tabakfarm in Rhodesien besessen. Schwarze konnte er sich nur als Gunbearer oder Farmhands vorstellen. Deshalb verkaufte er seine Farm noch, ehe aus Rhodesien Zim-

babwe wurde und verließ Afrika, um sich anderenortes nach einem ruhigen Platz mit gutem Klima umzusehen. Dort wollte er in angenehmer Umgebung seine alten Tage verbringen. Er war es gewohnt, allein zu leben, der Kontakt mit ein paar Landsleuten würde ihm ausreichen. Schottland und Nordengland kam aus Klimagründen nicht infrage, und gegenüber Südengländern empfand Mc. Kelly eine tiefe Aversion. So ist er schließlich nach Mallorca gekommen, und hier fühlte er sich recht wohl – zumindest neun Monate im Jahr.

Er machte viele Spaziergänge und wanderte gern mit Freunden oder allein durch die schönen Küstenberge. Abends jedoch liebte er es, auf seiner Terrasse über der Cala Fontanells zu sitzen, ein Glas Malt-Whisky vor sich auf einem kleinen Mahagonitischchen. Da konnte er dann ungestört seinen Erinnerungen nachhängen während unten die Wellen gegen die Küste plätscherten und nur gelegentlich ein Mövenschrei die friedliche Ruhe unterbrach. Immer wieder träumte er die aufregendsten Jagdabenteuer seines Lebens nach. Immer wieder sah er sich Tigern und Löwen gegenüber oder auch angeschossenen Büffeln und Nashörnern, die plötzlich aus dem Busch auf ihn zustürzten mit kleinen, bösen, blutunterlaufenen Augen. Nur ein blitzschneller Schuß aus seiner treuen Springfield hatte ihm immer wieder das Leben gerettet. Deshalb hatte er sich auch nie von diesem Präzisions-Jagdgewehr getrennt, obgleich auf Mallorca Konfrontationen mit Löwen und Nashörnern nur im Safaripark denkbar sind. Es steckte, gewiß außerhalb der Legalität jedoch gut geölt, in einer Hülle im Kleiderschrank, komplett mit Zielfernrohr und Munition – bis vor kurzem!

Immer wieder, wenn die Elektronenorgel und der schmalzige Sänger überlaut die Ruhe auf seiner Terrasse störten, mußte er an seine Springfield denken. – Viele Anwohner der Cala Fontanells hatten sich schon bei der Leitung des CORONA-Hotels über die unzumutbare Lärmbelästigung beschwert, die sie in jedem Sommer heimsuchte – aber ohne Erfolg. Sie verlangten nicht einmal die Einstellung der Musik, denn sie wußten ja: Bis 24 Uhr darf in Spanien jedermann laut Musik machen. – Aber warum mußten die Lautsprecher in jeder Sommerwoche an drei oder vier Abenden so laut über die Bucht schallen, daß an Schlafen oder dezente Musik nach eigener Wahl nicht zu denken war, und sich müde, weinende Kinder in stickigen, heißen Zimmern in ihren Bettchen wälzten?

Die gleichbleibende Antwort war: "Das CORONA-Hotel hat schon gestanden, als der Hang mit den Terrassenhäusern noch felsiges Ödland war. Es hat immer schon Tanzmusik auf seiner Terrasse gemacht. – Wem das nicht paßt, der braucht sich ja dort nicht anzusiedeln." Der Musik-Terror ging weiter, ohne daß auch nur der Verstärker leiser gestellt wurde.

Doch eines Abends war plötzlich Schluß – mitten in der Vorstellung.

Der Sänger hatte gerade zum dritten Mal "Yellow river!" geschmettert, als er plötzlich nach hinten umfiel. Mitten auf seiner Stirn fand man einen Einschuß, und helles Blut sikkerte aus seinem Hinterkopf auf die Bodenkacheln. Den Schuß hatte man kaum gehört und niemand wußte, woher er gekommen war. Offenbar hatte der Täter einen Schalldämpfer benutzt. –

Der Mann an der Elektronenorgel weigerte sich, allein weiterzuspielen – an diesem Abend aus Pietät und später aus Todesfurcht.. Er suchte sich eine neue Arbeitsstelle. Sie lag im Innenhof einer alten Finca, die man zu einem Grill-Restaurant umgebaut hatte. Clyde Mc. Kelly unterhielt sich in den nächsten Tagen noch mehrfach über den seltsamen Vorfall. Alle verurteilten den Mord, waren aber doch froh, daß nun endlich mit der Lärmbelästigung Schluß war. – Das Bedauern über das tragische Ende des noch jungen Sängers klang freilich nicht ganz echt – Cant, die Heuchelei, war schon immer eine berüchtigte britische Untugend.

# *Mallorca-Romanze 1960*

Wenn Paco, der Capitano, am Strand Zettel verteilte, folgten ihm die Blicke der einsamen Damen, und das Goldkettchen auf seiner breiten, braunen Brust schaukelte im Takt seiner Schritte. Paco sah genau so aus, wie ein rechter Mann aussehen sollte, also etwa wie Burt Lancaster in dem Film "Der rote Corsar". Die Zettel forderten in vier Sprachen zur Teilnahme an Bootsfahrten auf: Längs der Küste nach Camp de Mar oder Port d'Andratx, um die Felseninseln Malgrats und Dragonera – und wenn die Voraussetzungen gegeben waren, zu Mondscheinfahrten, Sekt im Preis inbegriffen.

Im Frühling und Frühsommer waren es meist deutsche Touristen, die auf Pacos Boot im Mondschein schunkelten und rheinische Karnevalslieder intonierten. Im Sommer überwogen dann die Franzosen und später Engländer und Skandinavier. Es gibt aber Damen aus mindestens acht Nationen, die ein freundliches Andenken an Paco bewahren, denn wenn er liebte, waren seine Gefühle heiß und tief.

Und das war das zauberhafte an Pacos Affären: Sie stumpften nie ab, enttäuschten nicht und wurden auch nicht langweilig, denn alle Nordländerinnen, die erst vor kurzem blaß und müde auf der Insel gelandet waren, bestiegen nach längstens vier Wochen braungebrannt und ein wenig glücklicher wieder eines der schimmernden Flugzeuge und sahen durch das Kabinenfenster die Insel im Meer und Dunst verschwinden.

Im Mai letzten Jahres war es die blonde Uschi aus Berlin, die sich an Paco lehnte, wenn er das Steuerrad seines Ausflugsbootes dirigierte, oder wenn beide einen schlanken Barhocker in der NILO-Bar oder im "Cuba" teilten. Aber diesmal war al-

MALGRATS
PM-2-1022

les anders, und es schien Paco völlig unfaßbar, daß nach drei Wochen schon das Ende sein sollte. Er wollte Uschi unbedingt nach Hause begleiten und schüttelte noch lange den Kopf über diese seltsame Welt. Denn als er bereits neben Uschi im Flugzeug saß – weiß der Himmel, wie es ihm gelungen war, soweit vorzudringen – wollte man plötzlich einen Paß und eine Flugkarte von ihm sehen. Paco erklärte sorgfältig und genau, daß er doch nur für einen Tag nach Berlin wolle, um Uschi daheim abzuliefern und für nur einen Tag gewiß weder Paß noch Flugkarte brauche. Es waren vier Herren von der Guardia Civil nötig, um Paco die Treppe des Flughafens hinunterzuschieben.

Erst gegen Ende des Sommers konnte seine Reiselust gestillt werden. Die platinblonde Witwe des Direktors Kulicke, der er ein paar Wochen Gesellschaft geleistet hatte, lud ihn zu einem Berlinbesuch ein: Flug, Wohnung, Verpflegung und alles, alles frei. – Nur Pacos eigene Freiheit war zum Teufel.

Als er zum ersten Mal etwas Freizeit und Taschengeld ergattern konnte, suchte er stracks die blonde Uschi auf, die aus allen Wolken fiel. Das Oktoberfest am Tiergarten war das Ziel ihres ersten Ausganges, bietet es doch gemeinsames Vergnügen ohne Sprachschwierigkeiten. Und über Karussel und Riesenrad schlugen die Wogen der Gefühle höher, als sie je gegen Mallorcas Küste brandeten. Erst als die beiden nach den Wirbeln der Achterbahn eng umschlungen ausrollten, fand der Taumel ein jähes Ende.

Dort stand Frau Kulicke, die ihrem ungetreuen Paco noch am gleichen Abend den kleinen Koffer vor die Tür setzte und ihm in höchst mangelhaftem Spanisch erklärte, daß er fürderhin für seinen Unterhalt und alle Reisespesen selbst aufkommen müsse. Nun, das hatte Paco auch nicht anders erwartet. Was ihn wirklich traf, war der Umstand, daß Uschi ihm die Aufklärung über seinen plötzlichen Wohlstand nicht verzeihen wollte und nicht mehr für ihn zu sprechen war. –

So blieb Paco nichts übrig, als für ein paar Spanier, die in einer Seitenstraße des Kurfürstendamms gemeinsam eine Wohnung gemietet hatten, den Haushalt zu führen, Kartoffeln zu schälen und einzukaufen. Auch das Ausführen eines dikken warzenbedeckten Dackels gehörte zu seinen Pflichten, und Paco wurde von Tag zu Tag schweigsamer und trauriger. Als seine Landsleute merkten, daß das Heimweh anfing, ihn krank zu machen, legten sie zusammen und schenkten ihm eine Karte für den Rückflug.

Drei Tage später stand Paco wieder am Steuer seines Ausflugsbootes und erzählte allen, die es wissen wollten, daß er für vier Wochen in Berlin gewesen war, daß Berlin eine schöne Stadt sei und daß es ihm dort sehr gut gefallen habe.

Das alles ist schon solange her, daß ich nicht mehr zwischen der Erinnerung an Begebenheiten und dem Spiel meiner Phantasie unterscheiden kann. Vielleicht hat es sich nur ähnlich oder auch ganz anders abgespielt? – Vor allem die Affäre mit Uschi kann damals keinesfalls endgültig zu Ende gegangen sein, denn sonst wäre ja aus Uschi keine echte, noch immer schlanke Mallorquiner Großmutter geworden. Sie verkauft noch heute am großen Strand Tickets für Pacos Flottille von Ausflugsbooten. – Jetzt kommen wir zum Schluß und es bleibt nur noch übrig, frech zu behaupten, daß alle Ähnlichkeiten mit lebenden Personen völlig unbeabsichtigt und rein zufällig seien.

# *Hexentanz in Alaró*

Der Eingang zum Tal von Orient, in Mallorcas Serra Tramuntana, wird von zwei gewaltigen Felsklötzen flankiert. Zwischen ihnen ragt der Gipfel des Puig Major 1.424 Meter hoch auf. Steil, abweisend, gespickt mit geheimnisvollen Höhlen steigen die überhängenden, gelbroten Felswände des Puig d'Alaró und des Puig de S'Alcadena bis zu einer Höhe von mehr als 800 m auf. Der Puig d'Alaró trägt die Mauern und Verteidigungstürme eines Castells, das noch aus der Zeit der Mauren stammt. Auf einer nach Süden vorspringenden Klippe thront die Ruine des Torre avancada de Sa Cova. Dicht bei diesem Turm führt ein tropfsteinverkleideter Kriechgang in die Höhle des St. Antoni, die sich weit und abschüssig zur Steilwand auftut und von unten als dunkle Öffnung gut sichtbar ist.

Ich kenne aber auch jene andere Höhle, oben auf dem Puig de S' Alcadena, die so schwer zu finden ist. Hier muß man von oben in einen Avenc hinabsteigen, bis man in der Finsternis auf eine große Tonvase stößt, die von einer Tropfquelle mit Wasser oder Tränen gefüllt wird. – In der Höhle des St. Antoni dagegen gibt es ein richtiges Wasserbecken, aus dem sich die Verteidiger des Castells versorgen konnten sowie seltsame Nischen, die vermuten lassen, daß dort einst unbekannte Kulthandlungen vorgenommen worden sind. Da die mohammedanischen Almohaden keine Bildnisse aufgestellt haben, dürften eher die Eremiten des Joan Mir hier zur Madonna gebetet haben oder 1285 Cabrit und Bassa, die Verteidiger des Castells, ehe sie es ausgehungert an Alfons III. von Aragon übergeben mußten. Der hat sie dann lebendig grillen lassen, berichtet die Legende.

Jeder, der von Alaró oder Lloseta nach dem Dorf Orient mit dem

Auto fährt, wird vom Anblick der beiderseits der Straße aufragenden Felswände beeindruckt, wer aber den Torrent de Solleric auf Trittsteinen überquert und auf der zerfallenen alten Poststraße nach Sa Font Figuera wandert, wird von der bizarren Wildheit dieser Felsen überwältigt.

Als wir dort kürzlich entlang kamen, um zum Puig de St. Miquel aufzusteigen, sagte Melción: "In Vollmondnächten tanzen hier die Hexen auf einem Seil, das zwischen den beiden Felswänden gespannt ist." – Viel mehr wußte er nicht darüber zu berichten. Aber als ich später, beim Rückweg, das Tor zwischen den beiden Felsklötzen im Abendlicht fotografieren wollte, die abgeflachten Gipfel der beiden Molas von Wolkenfetzen verhangen, sah ich durch den Sucher der Kamera plötzlich das Seil, das sich von der einen zur anderen Höhe spannte. – Wie war das möglich? Wer hatte dort oben blitzschnell ein Seil gezogen? Als ich jedoch die Kamera wieder absetzte, war klar, daß mich ein Telefonkabel genarrt hatte, das die Straße überspannte.

Wenn solche Erlebnisse bereits an normalen Abenden winken, was muß da wohl erst in Vollmondnächten zu sehen sein, wenn fahles Mondlicht zwischen brodelnden Wolkenmassen auf die gigantischen Felswände fällt und Schattenspiele projiziert. Ich konnte mir Hexenköpfe mit Knollennasen vorstellen, zu denen eine Höhle in der Steilwand das böse Auge liefert, bedrohliche Giganten mit winzigen Köpfen auf breiten Schultern oder die schwebenden Geister jener Gefangenen, die die Eroberer hier vor Jahrhunderten in den Abgrund gestürzt haben.

Wird dann auch ein bärtiger Kopf mit Turban auftauchen? Er könnte zu jenem Mauren gehören, den das Los getroffen hatte. Nach einer alten Sage wollten die dort oben von den Kriegern Don Jaumes eingeschlossenen Mauren versuchen, zu entfliehen, indem sie sich von einer Art riesiger Armbrust in flachem Bogen auf den bewaldeten Hang katapultieren ließen. Ein "Testflieger" wurde ausgelost und landete prompt mit gebrochenem Genick zu Füßen eines sprachkundigen aragonesischen Hauptmanns. Der erfaßte die Situation und rief auf Arabisch nach oben: "Alles in Ordnung Jungens, ihr könnt nachkommen!" Die Sage berichtet nicht, wieviele Mauren dann noch diesem Vorschlag gefolgt sind. Aber im Hang der S'Alcadena gibt es die Cova dets Ossos", die "Höhle der Gebeine", die hinreichend Platz bietet für die Beisetzung einer ganzen Armee.

Viele grausige Dinge sind auf dem Puig von Alaró passiert. "Aber nie den Frauen!" sagte eine kleine, rundliche Bäuerin zu diesem Thema mit maliziösem Lächeln. Das war auf der Apfelfinca Can Garau, von der aus man den Castell-Berg so schön liegen sieht. – Diese Gegend möchte ich mir einmal bei Vollmond anschauen. Der Kalender sagt: Am Freitag, dem 13. Februar ist die nächste Vollmondnacht. Was wird mich dann am Puig d'Alaró erwarten?

Wann wird der Hexentanz wohl losgehen? Traditionell beginnt ja die Geisterstunde um Mitternacht. – Aber sind Hexen Geister? Ich meine, wir sollten möglichst eine Stunde vorher dort sein, um uns einen guten Platz zu sichern – vielleicht gibt es auch Parkplatzprobleme? –

Wir müssen also eine lange Siesta halten und gegen 22 Uhr von Cala Fornells aufbrechen. Über die Autobahn sind wir schnell in Consell und dann in Alaró. Dort fahren wir mitten durch den Ort in Richtung Orient. Aus einigen Kneipen, die hier Bars heißen, tönt der Lärm der Fernsehgeräte. Hinter geschlossenen Persianas schimmert Licht. Katzen huschen über die Straße, alte, schwarz gekleidete Bäuerinnen drücken sich an die Hauswand. Ein junges Pärchen begegnet uns auf einem Mofa mit defekter Beleuchtung. Kurz dahinter kommen zwei Mädchen auf einem zweiten Mofa, vor dem eine kleine Flamme daher tanzt. – Aber ist das überhaupt ein Mofa, auf dem die Mädchen eng aneinandergeschmiegt hocken? Es knattert nicht, sondern zischt und hat auch keine Räder. Zehn Meter vor unserem Auto erhebt es sich plötzlich und huscht über den Wagen hinweg. Die flatternden rotschwarzen Gewänder der Mädchen verdecken das Ende des Gefährtes fast völlig, aber es kam mir doch vor wie ein Reisigbesen. – Vielleicht waren es die ersten Hexen?

Wir kommen jetzt aus dem Ort heraus und fahren zwischen hohen Natursteinmauern, die das Blickfeld einschränken. Vor uns rollt ein betagtes Auto, in dem mindestens fünf Personen sitzen, aber weiter vorn schimmern noch weitere Rücklichter. Wir lassen die Einfahrt zum Castell und nach Es Verger links liegen und sehen, daß sich von rechts, auf der Straße von Lloseta eine zweite Autoschlange heranschiebt. Wir ordnen uns nach dem Prinzip des Reißverschlußfahrens zu einer einzigen, langsam fahrenden Kolonne, die dann 300 Meter weiter, beim Wegweiser "PN 219, Orient 8 km" nach rechts auf eine schmale Asphaltstraße abbiegt, die zunächst auf die S'Alcadena zuführt, um kurz darauf fast parallel zur PN 219 zu verlaufen.

Am Pfosten des Wegweisers hatte bereits ein großes Schild gelehnt. Die Aufschrift: UN INVIERNO EN MALLORCA, BAILE DE LAS BRUJAS, dazu ein nach rechts weisender Pfeil. Ein Polizist winkt uns mit einem Leuchtstab zum Parken auf die zweite der nach rechts abzweigenden Fahrstraßen. Wir durchfahren eine flache Furt und müssen nachher auf Trittsteinen wieder den Torrent de Solleric überqueren, um auf die alte Straße zwischen den Felswänden zu gelangen. Mittlerweile wandern wir inmitten von Mallorquiner Großfamilien und einigen Touristengruppen.

Es ist ziemlich hell, denn der im Süden stehende Vollmond wird nur gelegentlich von Schäfchenwolken verdeckt. Es ist erst Viertel vor Elf, alles ist schneller gegangen als erwartet. Eine junge Dame verteilt

Programmzettel. Ich lese, daß die Hexen zu einer folkloristischen Gruppe aus Valldemossa gehören und daß die Vorstellung um 11 Uhr beginnt – wohl aus Rücksicht auf die vielen Kinder. Alles ist kostenlos und steht unter dem Patronat der Conselleria de Turisme, des Consell Insular de Mallorca sowie des Ayutament de Alaró, Coordina: Foment del Turisme de Mallorca.

Am Straßenrand stehen einige Buden. In der ersten wird "Hexentrank" angeboten. Wir bestellen zwei Portionen und erhalten soetwas wie warme Sangria mit zusätzlichem Kräuteraroma in Plastikbechern. Mir fällt auf, daß sich bei Lisa nach dem zweiten Schluck die Pupillen weiten, und auch mir selbst erscheint alles farbiger und leichter. Die Schwerkraft büßt einen Teil ihrer Wirkung ein.

In der nächsten Bude werden Ausflüge verkauft. Auf großen Plakaten steht jeweils in drei Sprachen "Zum Tanz der Vampire nach Lloseta in den Palacio de Ayamans" oder "Zum Hexentanz um den schwarzen Stier in das Museo taurino in Solleric" aber auch "Zauberkonzert über den Wasserfällen des Freu de Coanegra".

Das kann ich Ihnen sehr empfehlen, sagt ein junger Verkäufer "in diesem Winter hat es sehr viel geregnet, und die Wasserfälle sind besonders eindrucksvoll. Es spielt der bekannteste Pianist Mallorcas." Ich frage nach Ausflügen zur Hexenhöhle in der Caleta d'Ariant, aber der junge Mann antwortet: "Diesen Ausflug haben wir aus dem Programm nehmen müssen. Er ist einfach zu weit für die kurze Geisterstunde." Bei allen Ausflügen müssen die Teilnehmer selbst auf Besen mitreiten. Reitbesen werden gleich am Nebenstand vermietet, zu einem horrenden Preis, welcher der Tagesmiete eines Kleinwagens entspricht, Zweierbesen sind noch einmal 20 Prozent teurer – und das alles für nur eine Stunde! – Der Vermieter meint: "Damit decken wir knapp unsere Kosten. Bedenken Sie, daß nur alle 28 Tage Vollmond ist und daß Sie Vollkasko versichert sind. Außerdem erhalten Sie als Treibstoff ein Glas Bilsenkraut-Elexier. – Sind Sie schon einmal auf einem Besen durch die Luft geritten? Gerade bei Vollmond ist das ein einmaliges Erlebnis."

Er erklärt mir, daß alles ganz einfach geht. Vor dem Start muß man erst einmal ein Glas Bilsenkraut-Elexier zu sich nehmen und der Mitreiter gleichfalls. Wenn dann beide auf dem Reitbesen Platz genommen haben, schlägt der Fahrer mit dem linken Bein dreimal nach hinten aus – und ab geht's! Gelenkt wird mit dem Besenstiel in ähnlicher Weise wie mit dem Steuerknüppel eines Segelflugzeugs. Alles geht ganz einfach, zur Beleuchtung wird ein Irrlicht vorgeschaltet. Ich miete einen Zweierbesen und buche das "Zauberkonzert über den Wasserfällen".

Plötzlich steigen vor uns die Leuchtspuren von drei Raketen auf, die dann oben zwischen den Felswänden zu tausend Sternen zerbersten. Gleichzeitig zischt aus der Höhle des St. Antoni eine weitere

Rakete quer über den Abgrund zur S'Alcadena. Sie zieht ein grün leuchtendes Seil hinter sich her und umkreist dreimal zwei vorspringende Felszacken der S'Alcadena, um so das Seil zu befestigen, ähnlich wie man beim Segeln ein Ende belegt.

Von oben ertönt jetzt Sphärenmusik, ohne daß man so recht erkennen kann, ob sie aus Lautsprechern kommt, die in Höhlen oder Felsspalten versteckt sind. Dann wird schlagartig die Wand des Puig d'Alaró von einer ganzen Batterie von Scheinwerfern angestrahlt. Sie tasten sich von unten herauf, lassen die gewaltige Höhe erkennen und konzentrieren sich auf die breite Öffnung der Höhle des St. Antoni, die zuvor im Mondschatten der vorspringenden Klippe gelegen hatte. Hier strahlen sie drei dicke Sauen an, die auf das Seil springen und darauf über den Abgrund galoppieren. Auf jeder sitzt rücklings eine rothaarige Hexe und hält sich am Ringelschwanz fest.

Die Sauen wenden auf der S'Alcadena und galoppieren wieder zurück. Diesmal stehen die Hexen auf dem Rücken der Sauen, und als sie die Mitte des Seils erreichen, schlägt eine nach der anderen einen Salto. Jede der Sauen zieht einen meterlangen Feuerschweif hinter sich her. Dabei ertönt ein Pasodoble, wie man ihn hier bei Stierkämpfen oder im Zirkus hört. Wir klatschen laut Beifall, aber schon folgt das nächste Spektakel. Der Pasodoble ist von der beliebten Mallorquiner Vokstanz-Melodie Parado de Selva abgelöst worden, und eine Gruppe von sechs Hexen schreitet im Tanzschritt aus der dunklen Höhle auf das Seil. Alle benutzen dabei Reisigbesen als Balancierstangen. Im Rhythmus werfen sie die Besen in die Luft, klatschen in die Hände und fangen die Besen wieder auf. Alle sechs tragen mallorquinische Tracht, jedoch rote Rebosillos anstelle der sonst üblichen weißen Kopfschleier. Sie beginnen, sich im Takt auf dem Seil zu drehen. Da sie nicht seitwärts ausweichen können, wirkt das zunächst keinesfalls reizvoller als die bekannten Mallorquiner Volkstänze.

Interessant wird es erst, als die Hexen im Damensitz auf den Besen Platz nehmen und die Musik mit Kastagnetten begleiten. Plötzlich scheinen sie alle nach vorn in den Abgrund zu stürzen, aber dann erkennen wir, daß sie nur das Seil umtanzen, indem sie es als Achse betrachten. Die Drehung wird immer schneller, bis mit einem Male alle sechs Hexen nach oben fliegen, sich in eine Reihe gruppieren, die dann zu uns herab und dicht über unseren Köpfen dahingleitet. Wir applaudieren begeistert. Die noch recht jugendlichen Hexen werfen uns Kußhändchen zu, fliegen dann wieder zur Höhle hinauf und verschwinden im Dunkel.

In ähnlicher Weise geht es bis Mitternacht weiter. Wir erleben flötenspielende schwarze Ziegenböcke, deren strenger Geruch bis zu uns hinunter dringt, Hexen die einen arabisch anmutenden Singsang vortragen und dabei einem seltsamen Instrument Brummtöne entlocken.

Es scheint eine Kalabasse zu sein, die wie eine Trommel mit einer Schweinsblase bespannt ist, aus der ein Rohrstock ragt. Die Brummtöne entstehen, wenn man mit feuchten Händen an dem Stock entlang gleitet. Es folgen Schauflüge auf dem Besen und ein Hexenorchester, das auf große Konservendosen und Eisenfässer trommelt und ihnen, nach Art karibischer Steelbands, infernalische Rhythmen entlockt, während eine dunkelhäutige Hexe einen gekonnten Limbo auf und unter dem großen Seil hinlegt.

Mir selbst haben die Flamencos besonders gut gefallen. Einige Hexen in rotschwarzen Kostümen waren extra aus Andalusien eingeflogen. – Beim großen Finale stehen dann alle Darsteller gleichzeitig auf dem hohen Seil. Wir hören, wie die Kirchturmuhr von Alaró Mitternacht schlägt. Beim zwölften Schlag erlöschen sämtliche Scheinwerfer gleichzeitig, alle Darsteller sind verschwunden. Nur noch der Vollmond beleuchtet fahl und gelb die hohen Felswände. Die magische Schau ist zu Ende.

Wir müssen uns jetzt um das "Zauberkonzert" kümmern. Dafür gibt es einen Reiseleiter, der sich als Samiel vorstellt. Er bedeutet uns, daß wir einfach nur der mit grünen Irrlichtern markierten Strecke folgen müßten. Die roten Irrlichter weisen nach Lloseta, die blauen nach Solleric. Unsere Gruppe besteht aus etwa 40 Konzertteilnehmern, meist jüngeren Pärchen auf Zweierbesen. Die jungen Mallorquinerinnen nehmen im Damensitz auf den Besen Platz und halten sich an den Caballeros fest. Lisa macht es ihnen nach.

Samiel geht mit einem Tablett herum und reicht allen Teilnehmern einen Becher Bilsenkraut-Elexier. Dann schlagen die Besenlenker mit dem linken Fuß dreimal nach hinten aus, und schon geht es langsam los. Wir gruppieren uns in eine Reihe, die zunächst nur fünf Meter über dem Boden dahingleitet. Samiel erklärt allen Lenkern, daß der Besen schneller wird, wenn man den Stiel um seine Achse nach rechts dreht. Linksherum wird er langsamer, zum Bremsen muß man die Beine nach vorn strecken.

Das alles ist etwas ungewohnt – gut daß ich Übung mit dem Motorrad habe! Das Bilsenkraut-Elexier gibt uns nicht nur Schwung, es nimmt auch jedes Schwindelgefühl, so daß wir uns trotz der seltsamen Lage ganz wohl fühlen. Ich muß aufdrehen, um hinter den anderen herzukommen. Es geht jetzt aufwärts, auf die überhängende Steilwand des Puig de Castell zu. Sie liegt dunkel und drohend im Mondschatten. Die zur Markierung aufgestellten Irrlichter blinken mit jeweils 100 Meter Abstand rechts von unserer Flugbahn. Unten erkennen wir die blauen Irrlichter, die zu dem Posessionshaus von Solleric weisen.

Wir erreichen die Höhe der Felswand dort, wo sie endet und mit einer Mauer bewehrt ist. Nun geht es abwärts, dicht über den Wipfeln der Steineichen zum Coll von Es Pouet. Wir sind aus dem Schatten herausgeflogen und sehen nun den Hang mit dem Gehöft Es Verger vom Mond hell angestrahlt unter uns liegen. Jetzt geht es etwas tiefer und in das Tal von Orient hinab. Bewaldete Bergrücken bleiben links von uns liegen. Von L'Hermitage leuchtet ein gelbes Licht herauf, im Dörfchen Orient gibt es ein paar Straßenlaternen.

Wir fliegen jetzt in etwa 20 Meter Höhe über eine Weide. Ich frage Lisa: "Wie findest Du das alles?" "Phantastisch, ich bin jetzt auf das Konzert gespannt." Samiel hatte schon gesagt, daß es sich um ein Klavierkonzert handelt. Es spielt der bekannteste Pianist der Insel. Von den angekündigten Stücken habe ich nur den "Bolero de Diablo" von dem Mallorquiner Komponisten Toms sowie den "Feuertanz" von de Falla in Erinnerung behalten.

Wir gleiten jetzt nach links auf eine Senke zwischen den Bergen zu. Sie wird links vom Hang des Planiols und rechts vom Picot begrenzt, der schon ein Ausläufer der Penyals d'Honor ist. Unter uns liegt ein Karrenweg, der zwischen Trockenmauern verläuft. Wir folgen ihm und erkennen am heraufglitzernden Mondlicht, daß über diesen Weg Wasser läuft wie durch ein Bachbett – kein Wunder nach den vielen Regenfällen der letzten Wochen. Links und rechts glitzern noch weitere Wasserläufe. Sie führen alle auf ein schwarzgrünes Steineichenwäldchen zu, das quer vor der Senke liegt.

Gleich hinter diesem Wäldchen geht es hinab in einen Felskessel. Hier beginnt der tiefe Canyon des Freu de Coanegra. Links und rechts stürzen Felskaskaden hinab und verschwinden in einem finsteren Schlund. Unsere Kolonne von Besenreitern bildet einen Halbkreis und hält über dem schaurigen Abgrund ohne abzustürzen.

Wir sind am Ort des Konzerts angelangt und haben den Mond im Rücken. Er bescheint die wildeste Szenerie, die man sich ausmalen kann. Der Steineichenwald reicht bis an den Rand einer steil abfallenden Felswand, in die eine Serie von Wasserfällen Rinnen geschnitten hat. Auf einer Plattform am oberen Rand der Felswand steht ein magisch leuchtender, pinkfarbener Konzertflügel. Rechts davon schäumt hell das Wasser hinab. Es verschwindet zwischen Klippen und Steineichen, um weiter unten wieder aufzutauchen und erneut zehn oder fünfzehn Meter hinabzuspringen.

Die Wasserfälle setzen sich nach unten ohne Ende fort. Die Schlucht scheint keinen Boden zu haben. Fällt das Wasser in einen Höllenschlund und bis zum Zentrum der Erde? Im oberen, noch vom Mond beschienenen Teil erkennen wir Grotten und dunkle Höhleneingänge, und das Mondlicht zaubert "Wasserfunken" aus der schäumenden Gischt, die da hinabdonnert. Aber dann ist plötzlich Schluß. Alles Geräusch erstirbt, und das hinabstürzende Wasser beginnt pinkfarben zu leuchten, selbst ganz unten in der Tiefe, wo es kaum noch zu erspähen ist.

Oben auf der Felsplattform, auf welcher der Flügel steht, tritt jetzt der berühmte Pianist aus dem Dunkel. Er trägt einen pinkfarbenen Frack und ist mittelgroß. Wir klatschen, er verneigt sich und beginnt zu spielen. Der Bolero de Diablo ist für diesen Ort gewiß gut gewählt. Ich bemerke, daß die leuchtenden Kaskaden des jetzt stummen Wasserfalls im Bolerotakt mitschwingen. Das ist tatsächlich ein ganz ungewöhnliches Konzerterlebnis.

Es muß wohl an dem Bilsenkraut-Elexier liegen, daß wir auf dem Reitbesen über dem Abgrund schwebend überhaupt keine Angst empfinden. Nur bequem ist es nicht. Schließlich sind wir ja keine Hühner und nicht gewohnt, auf Stangen zu sitzen. Ich lehne mich etwas zurück, um eine bessere Position zu finden – aber da verliere ich plötzlich das Gleichgewicht. An Lisa, die neben mir sitzt, will ich mich nicht festhalten, um sie nicht zu gefährden. So stürze ich ins Bodenlose, seltsamerweise ohne Schreck oder Entsetzen zu empfinden.

Noch im Fall gelingt es mir, meinen Körper so zu drehen, daß der Kopf oben bleibt und die Füße nach unten weisen. Ich rase jetzt mit dem pinkfarbenen Wasser in die Tiefe. Dann und wann streift ein Steineichenzweig mein Gesicht oder meine Hände. – Warum bin ich nicht schon längst auf eine der vorspringenden Klippen aufgeschlagen? Der Bolero de Diablo wird immer lauter, obgleich ich nun schon Hunderte von Metern unterhalb des Konzertflügels dahinstürze. Ich strecke die Beine vor, um den Sturz abzufangen oder nach Samiels Anweisung zu bremsen und berühre dabei ganz sanft ein Brett – das Fußende meine Bettes. Der Bolero de Diablo ertönt aus meinem Radiowecker, und Lisa ruft: "Willst Du denn heute überhaupt nicht aufstehen? – Das Frühstück ist längst fertig!"

# *Vier Geschichten von Pepe*

# *Pepe und der Stinkebusch*

Pepe ist 1920 in Santa Eugenia, mitten auf Mallorca, geboren. Aus seiner Jugendzeit kennt er noch viele Rondaies, jene eigentümlichen Mallorkiner Märchen, die seit vielen Jahrhunderten erzählt wurden an den langen Winterabenden, wenn in Bauernhäusern und in den Hütten der Tagelöhner und Rotgers nur der Schein des rötlich flackernden Herdfeuers die Sitzecke unter dem Rauchabzugsdach erleuchtet hat. Kerzen waren teuer, und elektrische Beleuchtung hat es damals noch nicht gegeben.

Seit Pepe mehr als ein Jahrzehnt in Deutschland gearbeitet hat, besitzt er ein Faible für alles Deutsche sowie viele deutsche Freunde, die ihn auf seinem Gartengrundstück besuchen und im Herbst köstliche, frische Feigen in großen Körben als Geschenk mitnehmen. Einer von ihnen, Emil Leiermann aus Essen, hatte von Pepe das Märchen vom Christkind und dem Stinkebusch gehört. Das hatte dem Emil so gut gefallen, daß er es gern weiter erzählt hat.

"Lange bevor das Christkind nach Palästina kam, verbrachte es seine frühen Jahre auf Mallorca. Da tollte und jauchzte es mit den Kindern seines Alters im Dorf und in der Garriga. – Soviel Glück und Freude konnte der Teufel nicht ausstehen. Er stieg zur Erde hinauf und wollte das Christkind greifen. Als das jedoch den finsteren Gesellen mit dem Bocksfuß kommen sah, rannte es davon. Jedoch, so schnell es auch gelaufen ist, immer hinkte der Teufel hinter ihm her, bis es müde wurde.

Schließlich versuchte das Christkind, sich unter einem niedrigen Busch zu verstecken. Es zitterte vor Furcht, denn schon hörte es wieder den Hinkefuß näherkommen. Da sprach es zu dem Busch: "Lieber Busch, ich bin müde und kann nicht mehr fliehen. Bitte schütze mich, damit mich nicht der Teufel holt!" Sofort begann der Busch einen penetranten Geruch auszuströmen, man kann auch sagen: Er begann zu stinken, so sehr, daß der Teufel die Nase kraus zog und sich davon machte. Seither bringen Mallorkiner, die sich vom Teufel bedroht glauben, gern einen Stinkebusch über ihren Haustüren an, um den Bösen fernzuhalten."

Als nun Emil Leiermann seinen 80. Geburtstag im Restaurant des Son Net in Mallorkiner Ambiente feiern wollte, bat er Pepe, den Gästen das Märchen vom Christkind und dem Stinkebusch zu erzählen und dazu einen Stinkebusch mitzubringen. Treffen wollte man sich in Cala Fornells und von dort, mit allen Geburtstagsgästen gemeinsam, im Autobus nach Puigpunyent zum Son Net fahren.

Pepe reiste etwas bedrückt von Palma aus an, denn er hatte keinen Stinkebusch in der Nähe von Santa Eugenia finden können – und in Palma schon gar nicht. Was sollte er machen, das Geburtstagskind hatte ja ausdrücklich darum gebeten, seiner Märchenerzählung mit Hilfe eines Original-Stinkebusches die rechte Würze zu geben. Als er so mit hängendem Kopf auf dem Abkürzungspfad durch den Wald nach Monte Fornells hinaufmarschierte, stieg plötzlich ein ihm durchaus bekannter, penetranter Geruch in seine Nase – und tatsächlich: Das gesamte Unterholz unter den Aleppokiefern bestand aus Stinkebüschen!

So kam es, daß zwar im Autobus das Parfüm der Damen und das Rasierwasser der Herren etwas übertönt wurde, daß jedoch Pepe am Schluß seiner Märchenerzählung durchaus einen realen Stinkebusch präsentieren und beschnuppern lassen konnte, während im Hintergrund ein Hammel am Spieß über der Glut brutzelte.

## *Pepes Version vom „Salt de la Bella Dona"*

Die Autostraße von Inca nach dem Kloster Lluc folgt, dort wo sie sich erst durch eine Felsspalte zwängt und dann an einer Steilwand entlang führt, dem alten Pilgerpfad. Schon viele Generationen von Mallorkinern sind hier entlang gezogen, um von der wundertätigen Virgen del Lluc, der Schutzheiligen von Mallorca, Hilfe für ihre Nöte zu erbitten. So auch der Bauer Palou aus Selva, der ständig unter der Vorstellung litt, seine hübsche junge Frau würde ihn nach Strich und Faden betrügen. Die schöne Angelica jedoch wies alle Vorwürfe weit von sich und beteuerte ihre Unschuld. Schließlich waren beide übereingekommen, die Madonna von Lluc um Hilfe bei der Lösung ihres Problems zu bitten – wenn auch jeder mit etwas anderen Vorstellungen.

Eines Sonntags sind sie dann bereits in der Nacht in Selva aufgestanden, um in der Dämmerung die vielen Serpentinen des Pilgerpfades hinaufzuklettern, durch den Bergwald, über den Coll des Barracar und schließlich am Hang des Puig Carragoler entlang, mit dem Blick hinunter in den Felskessel von Sa Coma. Als sie nun gerade das Felsentor durchschritten hatten, wurden sie von der Sonne geblendet, die soeben hinter der Capella Blava aufging und den Hang des Castellot vergoldete. Angelica trat auf einen Felsvorsprung hinaus, um den zauberhaften Anblick zu genießen. – Ganz dicht am Rand stand sie über dem Abgrund.

Da flüsterte der Teufel ihrem Mann ins Ohr. „Gib ihr nur einen kleinen Schubs – und Du wirst niemals wieder von Eifersucht geplagt werden!" – Der gurgelnde Schrei des Entsetzens ging Palou dann doch durch Mark und Bein. Er wandte sich nach vollbrachter Untat schaudernd vom Abgrund und folgte nach

einigem Zaudern weiter dem Pilgerpfad, um in Lluc Vergebung für seine Sünde zu erflehen. Der Aufstieg hatte ihm Appetit gemacht und er kehrte beim Coll de sa Batalla in ein Wirtshaus ein, um sich zu stärken, ehe er weiter zum Kloster Lluc hinaufmarschierte. Er dachte jetzt kaum noch an seine böse Tat – eine Ausrede würde sich schon finden.

Als er jedoch im Dämmerlicht der Klosterkirche hinter den Altar trat, in jenen Raum in dem auch heute noch die Pilger zur Madonna beten, glaubte er zunächst ein Trugbild vor sich zu sehen. Dort kniete seine Angelica und dankte inbrünstig der heiligen Jungfrau für ihre wundersame Rettung beim Sturz aus großer Höhe.

Über den weiteren Verlauf wurde nichts Genaues überliefert – vielleicht blieb alles ohne Folgen, weil es ja weder ein Mordopfer noch Zeugen gab. Nur Palou wagte niemals mehr aufzumucken, weil Angelica ihn in solchen Fällen nur bedeutungsvoll ansah und dabei den Zeigefinger etwas anhob. An der Stelle, wo das Grausige geschehen und verhindert worden war, hat jemand mit grüner Ölfarbe „Salt de la Bella Dona" an die Felswand geschrieben. Dort erzählte der Schalk Pepe einem befreundeten, deutschen Ehepaar die Geschichte, während alle schaudernd in den Abgrund hinunter blickten. Dann fügte er leicht schmunzelnd hinzu: „Das ist gewiß eine ganz ausgezeichnete Möglichkeit, dem Ehemann die eigene Treue zu beweisen. Die Frau springt – und wenn sie treu gewesen war, findet ihr Ehemann sie vor der Madonna wieder." – Die Dame aus Gelsenkirchen brauchte nur kurz nachzudenken, dann schüttelte sie den Kopf. Offenbar hatte sie beschlossen, besser nicht zu springen.

# *Man sollte selbst Knoblauch essen*

Pepe stammt aus Santa Eugenia im Herzen der Insel. Als er 14 Jahre alt war, holte ihn sein älterer Bruder nach Deutschland. Der besaß in Breslau ein Obst- und Gemüsegeschäft, das er "Spanischer Garten" genannt hatte. Pepe sollte ihm im Laden helfen, denn auf Mallorka gab es damals kaum Entwicklungsmöglichkeiten.

Für Pepe war es die erste Reise in die große weite Welt und er war ganz begeistert von Breslau und den blonden, schlesischen Mädchen. Nun, auch der kleinen Gisela hat der junge Spanier mit den hellblauen Augen gefallen, nur etwas störte sie sehr. Als er ihr zum ersten Mal einen Kuß geben wollte, rief sie: "Bääh, Du stinkst ja nach Knoblauch!"

Pepes Schwägerin kochte auch in Breslau nach Mallorkiner Rezepten – und selbstverständlich würzte sie mit Knoblauch. Pepe blieb verwirrt. Er wußte wohl, daß sich Mädchen gern beim Küssen etwas zieren – aber wie konnte jemand "nach Knoblauch stinken"? Wie, um alles in der Welt, konnte jemand das köstliche Aroma des Ajo als abstoßend empfinden? In Santa Eugenia duftete jede Speise nach Knoblauch. Da jedoch jedermann knoblauchgewürzte Speisen verzehrte, ist es niemandem aufgefallen, daß alle aus sämtlichen Poren Knoblauch ausgedünstet haben. – Knoblauch war doch etwas Herrliches! Das würde er Gisela schon noch beibringen. Er steckte sich also eine große, zerquetschte Knoblauchzehe in die Tasche. Als bald darauf Gisela wieder Anlaß fand, zu sagen: "Pepe, bitte keinen Kuß, Du stinkst ja immer noch nach Knoblauch!", zog er seine Knoblauchzehe hervor und zerrieb sie auf Giselas Nase und dem prustenden Mund. – "Pepe, das Ekel, hat mich mit Knoblauch eingeschmiert", beschwerte sie sich bei

Pepes Bruder. – "Wieso, hast Du etwa gesagt, daß er nach Knoblauch stinkt?" Als Gisela das zugeben mußte, erhielt sie die Lektion: "Das hat er völlig zu recht gemacht! Du bist doch nur zu dumm, um zu begreifen, was Knoblauch für eine köstliche Sache ist."

# *Arbeits-Gesänge im alten Mallorca*

Pepe erzählt: In meiner Jugend hatte jedes Gehöft seinen eigenen, runden Dreschplatz. Da wurden die Garben so ausgebreitet, daß sie gleichmäßig den Boden bedeckten. Dann mußten fünf bis acht an Zügeln gehaltene Maultiere stundenlang im Kreis galoppierend Dreschwalzen über die Ähren ziehen. Diese Dreschwalzen hatten eine konische Form, damit sie sich selbst im Kreis steuern konnten. Sie bestanden aus hartem Gestein, hatten kantige Längsrippen und waren mittels Achsen in Holzgestellen befestigt.

Ein Mann mit Strohhut stand in der Mitte des Dreschplatzes (Era) und trieb die Maultiere mit einer langen Peitsche an. Dabei mußte er sich ständig um die eigene Achse drehen. Er sang dabei Lieder mit alten, arabischen Melodien und einem Rhythmus, der den Maultieren den Arbeitsgalopp vorgegeben hat. Sobald er mit dem Gesang aufhörte, fielen die Maultiere wieder in Schritt. Solche Arbeitsgesänge gab es mit unterschiedlichen Rhythmen für die verschiedenen Verrichtungen. Es gab Lieder für das Olivenpflücken und ganz andere für die Weinernte.

Anscheinend gibt es noch heute Arbeitsgesänge für Maurer. Seit fast einem Jahr errichten sie ein Haus, welches uns den Blick zur S'Estaca über der Cala Fornells nimmt. Ob ich nun will oder nicht, immer wenn ich auf der Terrasse sitze, sehe ich die Bauarbeiter vor meiner Nase und ich höre sie selbst dann, wenn ich eigentlich meinen Siestaschlaf halten möchte. Einer von ihnen singt häufig zum Takt des Betonmischers oder auch ohne Begleitung. Aus den langgezogenen, arabisch anmutenden Melodien schließe ich, daß er aus Andalusien stammt.

Lisa hat in ihrer Jugend Gesang studiert und behauptet, daß er falsch singt – aber das merke ich gar nicht. Fortan singe ich jedoch nur noch, wenn ich allein auf meinem Motorrad durch die Berge fahre.

# *Sieben kurze Geschichten*

## *Wenn man tote Freunde hat*

Auf Mallorcas Friedhöfen gibt es keine echte Erdbestattung. Die Särge werden in Fächer geschoben, die man dann zumauert. Aus Wänden mit Fächern, in denen jeweils ein Sarg reichlich Platz hat, besteht der Friedhof. Vier bis sechs Fächer liegen übereinander – und das reihenweise. Die Platte, die das Grab verschließt, trägt Namen sowie Geburts- und Sterbedatum von ein oder zwei Personen aber oft auch Fotos sowie den Halter für eine Blumenvase, in der meistens Kunststoffblumen stecken.

Solche Gräber sind knapp, deshalb kann man sie bereits zu Lebzeiten vorbestellen. Man munkelt, daß sie auch ein gutes Versteck für Schmuggelware abgeben. – Welcher Zöllner würde es wagen ein Grab zu kontrollieren? Die belegten Gräber werden nach einer Reihe von Jahren wieder geöffnet und zur erneuten Verwendung freigeräumt.

Als nun der deutsche Maler K. zum Sterben kam, wollte er auch auf dem Dorffriedhof von S'Arracó so schön in seinem Fach unter den Orangenbäumen ruhen aber es gab kein freies Grab. Jedoch Freund Jaume wußte Rat: Sein Onkel Pere war bereits 25 Jahre tot. Man konnte also Peres Gebeine in einen Plastiksack stecken und den Sarg des Malers K. daneben schieben. Aber kurz darauf starb auch Jaume unerwartet und plötzlich. – Was nun?

Jetzt wurde es eng! Das Grab mußte erneut geöffnet werden. Hinein kam zunächst der Sarg von Jaume, dann K.s Überreste, ohne Sarg und schließlich die Gebeine von Onkel Pere. Diese praktische Lösung hat mehr deutsche als mallorkinische Gemüter erregt. Honi soit qui mal y pense!

PALMA-S'ARRACO
PALMA - S'ARRACO
SP
PM 4500

## *Wie Charme Sprachkenntnisse ersetzt*

Benigne ist ein Herr mit würdigem Alter. Er erinnert sich: Als wir jung waren, erzählte mir ein Freund: "Gestern habe ich am Strand ein blondes, langbeiniges, englisches Mädchen kennen gelernt. Wir haben uns den ganzen Tag wunderbar unterhalten."

"Aber Du kannst doch gar kein Englisch!" – "Es ging trotzdem ohne Probleme. Ich habe sie einfach reden lassen, ihr in die Augen geschaut und nur gelegentlich gesagt: Yes oder yes!!!, yessss, oh yees! Yes, yes, yehsss! Das hat völlig ausgereicht."

## *Wann beginnt das Zwanzigste Jahrhundert?*

Benigne hat diese Frage aufgeworfen, während wir zu Viert im Auto sitzend nach einer Bergtour auf Palma zurollen. "Man muß das schließlich wissen, um die Feiern zur Begrüßung des neuen Jahrtausends auf den richtigen Tag zu legen." Die Antwort scheint einfach. "Am ersten Januar des Jahres Zweitausend", rate ich. "Cherbert, denk noch einmal nach", antwortet Benigne. "Wann ist denn das erste Jahr und wann das erste Jahrhundert zu Ende gegangen ?" Ich schaue etwas verwirrt und Jesus kommt mit Gegenargumenten, obgleich Benigne ja noch gar nichts behauptet hat. – Aber jetzt wird seine Beweisführung schlüssig: "Das erste Jahrhundert endet, wenn hundert Jahre vergangen sind, also am 31. Dezember des Jahres Hundert. Folglich beginnt das zweite Jahrhundert am ersten Januar 101. Stimmt's ?" "Freilich!" "Dann muß aber auch klar sein, daß das Zwanzigste Jahrhundert nicht vor dem ersten Januar des Jahres 2001 beginnt." – Diese Beweisführung ist schlüssig aber auf so etwas kommt man erst, wenn man sich darüber Gedanken gemacht hat.

## *Wohin der Wind weht*

Barbaras Häuschen liegt im Mandelbaumgelände der Huerta von Andratx. Nur 80 Meter westlich liegt eine Barraca, eine alte Steinhütte, in der auf einer Matratze der andalusische Tagelöhner Pablo haust. Pablo ist ein freundlicher, ruhiger Mensch, der sich gerne betrinkt, sobald er ein paar tausend Peseten verdient hat. – Was sonst kann man auch in einer nur mit einer Matratze möblierten Hütte anfangen, wenn man allein ist und vom Heimweh geplagt wird? –

Der Einfachheit halber wirft Pablo allen Abfall vor die Haustür, denn eine Mülltonne hat er nicht, weil hier ja auch gar kein Müllauto entlangkommt. Da liegt nun ein großer Haufen von Plastiktüten, Papier und Obstschalen, nicht eben zur Freude von Barbara. – Als nun ein Tag mit kräftigen Windböen aus dem Westen kam, landete alles, was von Pablos Abfallhaufen leicht und locker war, auf Barbaras Terrasse oder in ihrem Vorgarten. Das zwang sie zum Handeln: "Sieh mal Pablo, so geht das nicht weiter. Der Wind hat deinen ganzen Müll in meinen Garten geweht."

"Aber Señora, darüber müssen Sie sich keine Sorgen machen. Morgen wird sich der Wind drehen und alles wieder vor meine Hütte blasen."

# *Don Manuels Trinkgeldphilosophie*

Don Manuel besitzt Ländereien in der Huerta von Andratx und beschäftigt Handwerker und Tagelöhner. Er erklärt seiner Nachbarin Barbara: „Wenn ich mit einem Arbeiter zufrieden bin, bezahle ich ihm genau das, was ihm zusteht. Bin ich jedoch nicht zufrieden, so gebe ich ihm auch was ihm zusteht, lege aber noch ein gutes Trinkgeld obenauf." Barbara: „???" „Nun, wenn ich mit ihm zufrieden bin, werde ich ihn auch weiterhin beschäftigen und das wird ihn zu meinem Freund machen. Bin ich jedoch nicht mit ihm zufrieden, so wird er nie wieder für mich arbeiten. – Damit er dann nicht schlecht über mich spricht, gebe ich ihm das Trinkgeld"

Hier, liebe Freunde, sehen sie ein Beispiel für die etwas anders geartete Denkweise vieler Spanier. Arbeit war auf Mallorca schon immer knapp und sie ist es auch noch heute – vielleicht abgesehen von der Sommersaison. Aber das gilt nicht für alle und jeden: Kürzlich saß beim Mittagessen im nahen Restaurant der Malermeister Juan am Nebentisch und ich rief ihm zu: „Juan, wenn Sie Zeit haben, können Sie bei mir zwei Fenster streichen – es eilt aber nicht."

Ein paar Minuten später stellte der Kellner einen Weinbrand vor mich auf den Tisch. Juan hatte ihn für mich bestellt und winkte vom Nebentisch mit seinem Glas: „Salud!" – Ob das wohl Juans Art war, mir auf freundliche Weise verständlich zu machen, daß er zur Zeit an einem solchen Kleinauftrag nicht interessiert war? –

## *Die ganze Stadt stinkt!*

Wenn ich in der Inselhauptstadt Palma zu tun habe, parke ich meistens unten am Fischereihafen, nahe dem grünen Gebäude, in dem täglich die Fänge der Fischerboote versteigert werden. Dort riecht es stets intensiv nach *frischem* Fisch. Als wir aber heute aus dem Auto steigen, sagt Lisa: „Buuh, hier stinkt es ja gemein nach *faulem* Fisch!"

Sie hat recht, ein übler, traniger Fischgestank scheint über dem ganzen Hafen zu liegen – oder sogar über der ganzen Stadt? Der gemeine Geruch begleitet uns auch, als wir unter den Palmen des Paseo Sagrera dahinschreiten. – Unter diesen Palmen pflegen wir stets zu „schreiten". Nie würden wir das Sakrileg begehen dort einfach zu „gehen" oder gar zu „laufen". – Der Wind weht wohl heute vom Fischereihafen her, denn auch am Borne und in der Calle Sant Miguel spürt man noch den üblen Gestank. Sogar in dem Herrengeschäft, in dem ich mir ein neues Hemd kaufe, riecht es, wenn auch nicht so intensiv, wie draußen auf der Straße. Dabei sehen doch die Verkäufer ganz gepflegt aus! –

Penetrant wird der Gestank erst wieder, als ich in einer Gestoria mit übereinandergeschlagenen Beinen in einem bequemen Sessel Platz genommen habe und darauf warte, mit dem Gestor über meine Steuererklärung sprechen zu können. – Immer wenn die Bürotür sich öffnet, kommt ein Schwall von Fischgestank heraus. – Wie machen die das bloß in dem Büro? Hier ist doch keine Fischbratküche! –

Erst als wir längst wieder im Auto sitzen und an der „Parfümfabrik" von Santa Ponça vorbeifahren, kommen mir Zweifel. Hier stinkt es normalerweise penetrant nach Kläranlage, aber heute gleichfalls nach faulem Fisch. – Das muß doch einen

Grund haben, und der liegt nahe! – Ich fahre rechts an den Straßenrand und ziehe meinen linken Schuh aus. Auf der Sohle klebt eine dunkle Masse. So etwa muß eine Hyäne aus dem Rachen stinken, die sich gerade an einem vor sechs Wochen verendeten Walfisch gelabt hat. Pfui Teufel, da muß doch am Parkplatz, neben dem Fischereihafen ein zertretener, fauler Fisch gelegen haben!

Innerlich entschuldige ich mich bei dem Gestor und seinen Sekretärinnen für den „Fischbratküchen-Verdacht". Zu Hause schrubbe ich eine halbe Stunde an der Gummisohle, aber erst dreitägiges Sonnen auf der Terrasse hat den letzten Fischgestank verschwinden lassen. Moral: Wenn Sie in fremden Landen etwas stört, sollten Sie erst einmal die Brille putzen!

## *Wem man deutsche Spätlesen besser nicht anbieten sollte*

Mein damaliger Freund Jürgen hatte uns nach S'Arracó eingeladen, in sein Bauernhaus zu Frito Mallorquín und Wein. Seine Gäste, ein japanisches, zwei englische Ehepaare und ich, saßen also abends an dem großen Tisch, vor dem alten Haus unter einem Dach aus Weinranken und ließen sich die würzige Mahlzeit schmecken.

Jürgen war mit einem großen Auto aus Deutschland gekommen und hatte im Kofferraum eine Pappkiste voll deutscher Weine mitgebracht, meist Spätlesen von Rhein und Mosel. Diese edlen Weine hat er uns dann, nach dem Essen, gut gekühlt vorgesetzt. Die Reaktion der so unterschiedlichen Gäste war bemerkenswert und lehrreich: Die Japaner tranken in kleinen Schlucken, offensichtlich mit Genuß, und die Dame aus dem Fernen Osten brachte sogar ein paar anerkennende Worte über den Wein in deutscher Sprache heraus.

Der mir gegenübersitzende, füllige Engländer jedoch kippte die Spätlese etwa so hinunter wie ein Münchener Radfahrer seine Radler-Maß an einem heißen Sommertag oder wie ein Rugby-Spieler seine Cola – keine Spur von „kosten und genießen". – „How do you like the taste of this wine?", fragte ich entsetzt. „Oh", sagte der rundliche, rotgesichtige Brite. „In Britain sind wir sehr für Wein. Wir haben viele 'wine-making-clubs' und überall kann man kleine Kits kaufen und sich selber Wein machen. Die Clubs veranstalten Wettbewerbe, und wer den besten Wein gemacht hat, erhält einen Preis."

„Ich habe den Eindruck, daß wir von verschiedenen Dingen sprechen", entgegnete ich etwas entgeistert. „Sehen Sie, der Weinberg, der auf diesem Etikett genannt ist, besteht vielleicht schon seit der Zeit Karls des Großen. Der Weinbau hat in Deutschland eine Tradition von mehr als tausend Jahren. So alt dürfte auch das Ritual sein, nach dem man edle Weine genießt. Zuerst schnuppert man die Blume." Ich hob mein Glas an die Nase und machte es vor. „Danach nimmt man einen kleinen Schluck und kaut ihn – dann spricht man darüber". – Ungläubiges Staunen – und schon wieder kippt er ein Glas wie Sprudelwasser. Nun, dem Mann ist wohl nicht zu helfen. Gourmets sind im Vereinigten Königreich schon immer fast nur unter den 'happy few' anzutreffen gewesen, scheint mir.

Vielleicht jedoch hat das Einschätzen von Weinen aber weniger mit Begabung zur Feinschmeckerei als mit nationalen Geschmacksgewohnheiten zu tun, wie die folgende Erfahrung vermuten läßt: Gestern haben mich meine Mallorquiner Freunde Martin und Pere besucht. Wir haben uns gegenseitig die letzten Dias von Bergwanderungen vorgeführt und ich wollte ihnen anschließend einen hier recht ungewöhnlichen Genuß bieten. Ich habe also einen deutschen Weißwein vorgesetzt. „Oppenheimer Sackträger, Riesling Spätlese" stand auf dem Etikett und dazu „Rheinhessen, Erzeugerabfüllung". Es folgte der Name des Weingutes und der Jahrgang. Das alles war richtig gekühlt – aber nicht etwa kalt. –

Martin und Pere schnupperten am Glas. Dann sagt Martin: „Der riecht wie Cidre." Offenbar schätzt er die Riesling-Spätlese ein wie Apfelwein und Pere fragt: „Wird der aus Trauben gekeltert?" – Ich muß wohl mit etwas dummem Gesicht genickt haben. – Wie kann man die fruchtige Frische dieses edlen Rheinweines mit Apfelwein verwechseln? Nun, die beiden würdigen Herren nicken beifällig und höflich, aber Pere läßt sein halbes Glas stehen und Martin will, bitte sehr, kein zweites Glas. – Nun, über den letzten, deutschen Weinskandal hat ja auch das Spanische Fernsehen ausführlich berichtet – aber der Vergleich mit Cidre läßt eher vermuten, daß die beiden für die edle Süße des spritzigen Rieslings einfach keine Zunge haben.

Auf der anderen Seite trinken wir Deutschen gern und viel spanischen Wein. Besonders die leichten Landweine haben es uns angetan und wenn es heiß ist, schmeckt so ziemlich alles, was flüssig ist und kühl serviert wird. Nur wenige von uns haben bislang die Qualitäten guter Jahrgänge alter Rioja-Weine entdeckt. So hat es schon seine Berechtigung, wenn wir nach dem täglichen Genuß roter oder weißer Landweine würdigen deutschen Freunden einmal abends auf der Terrasse eine gekühlte, deutsche Spätlese servieren. Da spüren wir doch gleich beim ersten Schluck, der über Zunge und Gaumen rinnt die dritte und vierte Dimension dieses edlen Getränkes. So ein Wein hat einfach eine andere Klasse, als das was wir uns da so meistens aus dem Supermarkt mitbringen. Keinesfalls jedoch wollen wir dabei die Spitzenqualität alter spanischer Rotweine übersehen, die in den Großraumläden auch irgendwo in einer Ecke lagern, noch den Weltruhm der spanischen Sherryweine schmälern.

Deutsche Spätlesen jedoch sollte man eher mit Landsleuten oder Japanern genießen. Wahrscheinlich lohnt sich aber auch ein Versuch mit Franzosen und solchen Spaniern, die schon einmal in der Drosselgasse geschunkelt haben.

# *Wer war Ramón Llull?*

*Vom höfischen Kavalier zum Gelehrten mit europäischer Bedeutung. Geschichte und Legende.*

Wer in Palma, vom Borne kommend, nach rechts zum Paseo Sagrera einbiegt, muß eine Statue umfahren, die auf einem hellen Sockel in einem Blumenbeet thront. Dem eiligen Autofahrer bleibt dabei selten mehr im Bewußtsein als eine barhäuptige Figur, die ausschaut wie ein Weihnachtsmann – nicht einmal wie Moses, der ja auch stets langbärtig abgebildet wird. Erst wenn man sich, unter den hohen Palmen des Paseo Sagrera schreitend, der Statue nähert, nimmt man wahr, daß sie in der linken Hand ein Buch und in der rechten eine Schreibfeder trägt. "LA CIUTAT DE MALLORCA A RAMON LLULL" steht auf dem Sockel, aber auch ein arabischer Text, den gewiß nur wenige Passanten verstehen.

Ich bezweifle sehr, daß diese brave Bildhauerarbeit dem Wesen Ramón Llulls gerecht wird, der in deutschen Büchern Raimund Lull und in lateinischen Raimundus Lullus genannt wird und als der größte Geist gilt, den Mallorca je hervorgebracht hat. Die Franzosen nennen ihn Raymond Lulle und halten ihn in erster Linie für einen Alchimisten, jedoch das stimmt sehr begrenzt, denn mit der naturphilosophischen Seite der Alchimie hat sich Llull nur nebenbei beschäftigt und selbst nie experimentiert.

Ramón Llull hat etwa von 1232 bis 1316 gelebt und rund 155 (260?) Werke in Katalan, Latein und wohl auch Arabisch geschrieben – eine kaum glaubliche Leistung, wenn man an die damaligen Mittel denkt! – Besonders mit seinem philosophischen Bildungsroman "Evast und Blanquerna", aber auch mit anderen Schriften und Gedichten, hat er die katalanische Sprache zur Literatursprache erhoben. Die Frage, ob er dabei eine mallorquinische Variante des Katalanischen benutzt hat, ist offen, weil keines seiner Original-Manuskripte erhalten ist.

Im Mittelalter war es üblich, daß Gelehrte nur einen Rohtext konzipiert haben, der dann von professionellen Schreibern redigiert in Schönschrift auf Pergament geschrieben wurde. Die Papierherstellung war zwar seit Ende des 10. Jahrhunderts in Spanien bekannt, jedoch wenig verbreitet und für Rohmanuskripte teuerer als Pergament, denn von der präparierten Tierhaut Pergament konnte man die Schrift wieder abwaschen lassen und den Bogen nochmals beschriften, nachdem der Schönschreiber die Reinschrift angefertigt hatte. So blieben keine Original-Manuskripte erhalten.

Philosophisch folgte Llull, wie die anderen Scholastiker den Lehren des Aristoteles, der im 13. Jahrhundert durch eine Serie von Übersetzungen aus dem Arabischen sowie neuen Kommentaren große Bedeutung erlangt hatte. Nach Llulls Auffassung sollte der christliche Glaube durch Ratio und Logik unterstützt werden. Mit seinem Hauptwerk "Ars magna" wollte er ein logisches System schaffen, mit dem die Wahrheit des Christentums gegenüber dem Islam folgerichtig bewiesen werden sollte. Als Hilfsmittel diente ihm die Syllogistik des Aristoteles, mit der man die Wahrheiten jedes speziellen Wissensgebietes dadurch ermittelt, daß man alle in ihm möglichen Urteile allen Grundprädikatoren dieses Wissensgebietes gegenüberstellt und das Ergebnis erfaßt.

Seien Sie nicht traurig, falls Sie das nicht ganz verstehen, aber doch beeindruckt sind. – Genau so ist es der Mehrzahl von Llulls Zeitgenossen auch ergangen. In der Landesbibliothek von Mallorca, die wohl mehr Incunablen enthält als jede andere Bibliothek, gibt es Exemplare der "Ars magna", die ungewöhnlich und bemerkenswert sind. Da gibt es nicht nur Tabellen sondern auch runde Scheiben aus Pergament oder Karton, die mit Hilfe von Fäden im Buch so angebracht sind, daß sie sich wie eine Rechenscheibe drehen lassen. Ich konnte die Texte nicht verstehen, nehme jedoch an, daß auf der Scheibe die Grundprädikatoren und auf dem zugehörigen Blatt die Urteile so stehen, daß man sie miteinander kombinieren kann. Solche Vorrichtungen werden heute als Vorstufen logischer Maschinen betrachtet und somit Ramón Llull als ein Wegbereiter der Informatik! –

Llulls Hauptanliegen war die Auseinandersetzung mit dem Islam. Obgleich er auch (vergebens) für einen neuen Kreuzzug zur Befreiung des Heiligen Landes aufgerufen hatte, wollte er doch in erster Linie missionieren und durch Überzeugung bekehren.

1. Er wollte die noch in Aragonien lebenden Mohammedaner von der höheren Wahrheit des Christentums überzeugen und ihnen den allein seligmachenden Glauben bringen. Damals dürfte ein Drittel der Bevölkerung in den erst kürzlich eroberten Gebieten von Mallorca und Valencia islamischen Glaubens gewesen sein.

2. Er gründete in Miramar eine Schule für Missionare, in der christli-

che Prediger orientalische Sprachen erlernen sollten.

3. Er wollte mit seiner "Ars magna" den arabischen Gelehrten ein logisches philosophisches System der Wahrheitsfindung entgegenhalten. – Und das schien notwendig angesichts der Dialektik der Koranausleger und der weit besseren Missionserfolge des Islam.

In dem 1934 erschienenen Buch "Viaje a Mallorca", das 1941 auch in deutscher Übersetzung mit farbigen Reproduktionen wunderschöner Aquarelle von Erwin Hubert bei Hoffmann und Campe in Hamburg erschienen ist, in einem seltenen Buch also, das beweist, daß 1934 weder alle Spanier noch 1941 alle Deutschen mit Kriegsführung beschäftigt gewesen sind, stoße ich endlich auf einen deutschsprachigen Text aus Llulls Bildungsroman "Evast und Blanquerna":

"Es gab einen Priester, der war von einer Insel im Meere, welche Mallorca genannt wird. Man sagt, daß diese Insel einem sehr weisen König gehört, der Jaime, König von Mallorca heißt. Dieser König ist sehr klug und ist sehr zugetan den Predigern, welche die Ehre Jesu Christi unter den Heiden verteidigen. Er hat deshalb angeordnet, daß dreizehn junge Priester die arabische Sprache in einem Kloster, genannt Miramar, studieren sollen: Dieses Kloster hat alle Vorzüge und erfüllt alle Anforderungen. Wenn sie dann die arabische Sprache beherrschen, gehen sie auf Geheiß ihres Priors in die Welt... "

Diese Missionar-Schule scheint jedoch ohne Wirkung geblieben zu sein – überhaupt blieben Llull überzeugende Bekehrungserfolge verwehrt. Anerkennung und Unterstützung jedoch hat er sowohl bei den Königen Jaume II. von Mallorca und Philipp dem Schönen von Frankreich gefunden als auch an der Universität von Paris, wo er als Magister seine "Ars magna" lehren durfte.

Dort hat ihn besonders Thomas Le Myésier gefördert, der Leibarzt der Königinmutter Gräfin Mahaut d'Artois. Myésiere versuchte Llulls Belange in einem Breviculum so zusammenzufassen, daß sie auch die Mächtigen verstanden, die auch damals wenig Zeit hatten. Zu diesem Zweck bediente er sich ähnlicher Mittel, wie sie auch heute noch von Werbeagenturen angewendet werden: Er beauftragte einen Visualizer, die höchst komplizierten Aktivitäten Llulls mittels zwölf ganzseitiger, kunstvoller Illustrationen zu allgemeinverständlichen Symbolen zu verdichten.

Der Graphiker, ein Hofmaler der Königinmutter, läßt Aristoteles, den Aristoteleskommentator Averros und vor allem Llull mit großen Streitwagen gegen den mit Sarazenen besetzten "Turm der Falschheit" vorrücken, in dem die Wahrheit gefangen gehalten wird. Alle Symbole werden mit kleinen, beigefügten Texten erläutert. Texte quillen wie Spruchbänder sprechblasenähnlich aus den Mündern und lassen uns an Comics denken. Die kostbare Schrift wird heute im Badischen Landesmuseum in Karlsruhe aufbewahrt. Da kann man dann nachlesen, was Myésier auf dem Autorenbild noch heute dem Ramón Llull zur Verteidigung seiner Kurzfassung einleuchtend entgegenhält: "Moderni gaudent breviate considerabilum." ("Moderne Menschen schätzen besonders die Kürze.") Wie recht er hatte angesichts von 155 oder gar 260 Werken des Ramón Llull.

Auf Mallorca kann man den Spuren Llulls an recht verschiedenen Orten begegnen: Auf dem Berg Randa, auf den er sich nach seiner Wandlung zwecks ungestörter Kontemplation zurückgezogen hatte, gibt es auf der Südseite des Gipfels, unterhalb des Sanktuariums Nostra Senyora de Cura, eine kleine Höhle, die später mit einer Statue des Erleuchteten geschmückt wurde. Diese Höhle gilt als älteste Ermita Mallorcas und die Legende berichtet, daß Llull sein Buch "Art general" dort geschrieben habe.

Zwei weitere Höhlen, die dem Seligen gleichfalls als Arbeitsstätte gedient haben sollen, finden wir noch heute bei Miramar, also dort, wo einst Llulls Missionar-Schule gestanden hat und heute jener Landsitz steht, den vor hundert Jahren Erzherzog Ludwig Salvator auf den Resten der Ruine errichten ließ. Beide sind mit Reliefdarstellungen des Seligen geschmückt. Die eine, recht offene Höhle, liegt unterhalb von Miramar und könnte als luftige Sommerhöhle gedient haben. Das Relief mit dem schreibenden Llull dürfte der Erzherzog dort angebracht haben.

Die zweite Höhle liegt etwa 1000 Meter oberhalb von Miramar im "Zauberwald". Da sie eine gemauerte Türöffnung und ein Fenster besitzt, ist sie weit gemütlicher – vielleicht Llulls Winterhöhle? – Auch hier gibt es ein Llull-Relief. Es zeigt den Seligen zur Mutter Gottes betend. Dieses Relief scheint sehr viel älter zu sein als jenes in der offenen Wölbung.

Eine "Kapelle des seligen Ramón", die Ludwig Salvator anläßlich der 600-Jahr-Feier auf einer Felssäule errichten ließ, wurde in den sechziger Jahren vom Blitz zerstört und nie restauriert. – Der Erzherzog hätte dort besser kein Eisengeländer anbringen lassen sollen! –

Viel leichter als die Höhlen findet man die Kirche San Francesco in Palma. Das Hauptportal ist meist verschlossen, deshalb muß man den Eingang rechts durch eine Schule benutzen. An der Kasse vorbei gelangt man in einen wunderschönen gotischen Kreuzgang und von dort in das Innere der wundersamen, alten Kirche, in der jeder Stein Geschichten erzählen könnte. Dort ruhen in einer Kapelle links hinter dem Hauptaltar die sterblichen Reste des Seligen in einem Steinsarg. Dieser Sarg ist zweimal geöffnet worden, um festzustellen, ob sich wirklich die sterblichen Reste Ramón Llulls darin befinden. Ergebnis: Das wenigstens scheint zu stimmen!

Viele Lebensbeschreibungen Ramón Llulls jedoch fußen auf Legenden und bewußten frommen Lügen. Man weiß nicht einmal genau, ob er 1232 oder 1235 in Palma geboren wurde, und auch über seinen Tod im Winter 1315/1316 werden verschiedene Versionen berichtet, von denen die neue Forschung annimmt, daß sie von Llulls Anhängern verbreitet wurden, um seine baldige Heiligsprechung zu erreichen. Es hat dann aber nur zu einer Seligsprechung gelangt, – und das wird seine Gründe gehabt haben.

Es ist jedoch dokumentiert, daß Llull sich im Dezember 1315 noch in Tunis aufgehalten hat, obgleich der 29. Juni dieses Jahres als sein Todestag angegeben worden ist. Er soll sich damals mit Empfehlungsbriefen des Königs von Aragonien zu dem Regierungssitz des Ibn-al-Lhyani begeben haben, um dort bei islamischen Gelehrten die Überzeugungskraft seiner "Ars magna" zu testen. Aragonien pflegte derzeit durchaus freundliche Handelsbeziehungen mit dem Herrscher von Tunesien, und Mallorcas Handel mit Nordafrika war bedeutender als der mit der spanischen Halbinsel.

Es mag sein, daß Altersstarrsinn oder auch die Sehnsucht nach einem Märtyrertod den Achtzigjährigen veranlaßten, die "Ungläubigen" so zu provozieren, daß ihn vor den Toren der Stadt Tunis (oder Bougie) eine aufgebrachte Menge gesteinigt hat, bis die örtliche Behörde eingeschritten ist. Ein genuesischer Seefahrer soll dann den tödlich verwundeten Llull nach Mallorca gebracht haben. Nach den verschiedenen Versionen der Legende war er entweder bereits tot, als er an Bord gebracht worden ist – oder er ist an Bord gestorben. Nach einer weiteren Version ist er erst auf Mallorca gestorben – nach der vierten ohne je gesteinigt worden zu sein.

Grundsätzlich sind die hafsidischen Herrscher von Tunis in religiösen Dingen eher tolerant gewesen. Sie sollen sogar christliche Kapellen geduldet haben. Als Llull 1292 erstmals nach Tunis reiste, um die "Ungläubigen" zu bekehren, wurde er nur eingesperrt und des Landes verwiesen. Bei einem zweiten Aufenthalt 1306/1307 hat man ihm sogar "Frauen, Ehren, Haus und Wohlstand" versprochen, falls er seinerseits zum Islam konvertieren würde, aber das war für den damals bereits über Siebzigjährigen keine echte Versuchung.

Obgleich ein Mufti den Kopf des "Gefährlichen Christen" forderte, wurde er nur erneut des Landes verwiesen. Man wollte die guten Handelsbeziehungen mit Aragonien nicht gefährden. – Trotz der Kreuzzüge dieses Jahrhunderts waren ja die Beziehungen zwischen den christlichen Königreichen Spaniens und der arabischen Welt gar nicht so schlecht. So konnte König Alfons X. (der Weise) von Kastilien 1240 insgesamt 50 arabische, jüdische und christliche Gelehrte zu einem astronomischen Kongreß nach Toledo einladen und später viele Werke arabischer Wissenschaftler ins Lateinische übersetzen lassen.

Ramón Llull war Zeitgenosse der Scholastiker Albertus Magnus (Deutschland) und Thomas von Aquin (Italien), die bereits vor ihm die Methoden des Aristoteles (und seiner arabischen Kommentatoren) systematisch zur Wahrheitsfindung bei Religion und Philosophie angewendet haben, aber auch von Dante und Marco Polo. Seine ritterliche Erziehung hatte ihm eine kämpferische Grundhaltung verliehen. Immer wieder ist er von großer Unruhe erfaßt worden, stellte sich selbst ständig neue Aufgaben, erlitt Krankheiten und psychische Krisen und verlegte seine Wirkungsstätten von Ort zu Ort.

Sein Reisekatalog umfaßt viele Reisen nach Spanien, Frankreich, Italien, Cypern, die türkische Küste im Golf von Alexandrette sowie zumindest drei Reisen nach Nordafrika. Dabei hat er Päpste, Könige und Gelehrte besucht. Die von W. M. Healy aufgeführten Reisen nach Ägypten und England habe ich bei anderen Autoren nicht bestätigt gefunden. Wunderschön erzählt er jedoch die Legende von der Bekehrung Llulls in seinem Mallorca-Buch. – Se no es vero es bene trovato. – Sie steht nicht einmal im deutlichen Gegensatz zu der nur auf Fakten gegründeten Llull-Biographie von Llinarès, vermutlich weil der Selige beim Diktieren seiner Lebensgeschichte die sündigen Jahre vor seiner Bekehrung nur gestreift hat.

Ramòn Llull ist also zwischen 1232 und 1235 als einziges Kind einer katalanischen Adelsfamilie in Palma geboren – also kurz nach der Eroberung der Insel durch Jaume I. Sein Vater, der gleichfalls Ramón hieß, hatte mit dem jungen König von Aragonien an der Eroberung Mallorcas teilgenommen und war für seine Verdienste mit Landbesitz auf der Insel belohnt worden. Der spätgeborene Ramón junior wurde als einziges Kind ziemlich verwöhnt, bis er mit acht Jahren in die Schule kam, um die katalanische Sprache lesen und schreiben zu lernen. Zusätzlich hatte er Hauslehrer.

Mit 14 Jahren wurde er Page am Hofe von König Jaume I., dem Eroberer, in Montpellier oder Perpignan und erhielt, wie die anderen Söhne aus Adelsfamilien, eine zusätzliche Ausbildung, die ihn – es war Hochmittelalter – auf ein Leben als Ritter und Höfling vorbereitete. Er lernte also reiten, das Waffenhandwerk, aber auch nach Art der Troubadoure zu dichten. Damals dürfte ihm jene ritterliche Grundhaltung vermittelt worden sein, die er zeitlebens beibehalten sollte sowie eine gewisse Eleganz, die auch später seinen Stil bei Dichtung und Prosa geprägt hat. Dazu kam ein wenig Grammatik sowie ein paar Brokken Latein.

Das reichte bereits aus, um dem gutaussehenden jungen Ramón ein

glänzendes Leben als Schildknappe Jaumes I. zu ermöglichen. Er begleitete den König auf dessen Reisen, sah viel und lernte als sein Vertrauter auch viel über das politische und diplomatische Leben in Europa. Er sprach mit Gesandten aus fernen Ländern, die den Hof besuchten, verkehrte mit Fürsten und großen Herren und führte ein Leben im großen Stil.

Der König ernannte ihn zum Hauslehrer seines zweiten legitimen Sohnes – er hatte auch noch viele andere – dem späteren König Jaume II. von Mallorca. Als dann, nach der Reichsteilung Jaume II. selbst König geworden war, machte er Llull zu seinem Seneschall, also zu dem für die Beschaffung der Verpflegung zuständigen Hofbeamten und übertrug ihm weitere wichtige Aufgaben. Llull war also bereits in jungen Jahren ein angesehener und einflußreicher Mann an diesem Hofe mit lokkeren Sitten – in einer Zeit, als weder Aids noch Syphilis die zwischenmenschlichen Beziehungen gebremst haben! –

Healys Legende erzählt, daß er den Hofdamen nachgestellt habe und daß ihn seine Eltern, um Skandale zu vermeiden verheiratet hätten. – Es ist belegt, daß er 1257 Blanche Picany, ein Mädchen aus nobler Familie, heiratete, die ihm einen Sohn Doménec sowie die Tochter Magdalena schenkte. – Der charmante, liebestolle Seneschall aber fing nun an, auch den verheirateten Frauen nachzustellen. Schließlich jedoch geriet er an Ambrosia de Castella, die Frau eines reichen Kaufmanns aus Genua, die als die schönste und tugendhafteste Frau in ganz Palma galt. Bei ihr zeigten alle Bemühungen des vom Erfolg verwöhnten Ramón keine Wirkung, obgleich er auf die ausgefallensten Ideen kam. Um ihr zu imponieren, ließ er sich ständig neue, prächtige Kleider fertigen und suchte ihr damit zu begegnen. Schließlich soll er Ambrosia sogar hoch zu Roß bis in die Kathedrale (oder Sta. Eulalia ?) verfolgt haben.

Das ging für Ambrosias Ansehen zu weit. Sie bestellte Llull in ihren Palast, um ihm die Leviten zu lesen. Als der sich dennoch, um jeden Widerstand zu brechen, auf sie stürzen wollte, rief Ambrosia: "Ich kann deine Geliebte nicht sein, denn ich bin die Geliebte des Todes!" und enthüllte mit einer dramatischen Geste ihren von fortgeschrittenem Brustkrebs zerfressenen Busen.

Entsetzt flüchtete Llull in den Garten des Bischofspalastes, um halb betäubt hin und her wandelnd seine Fassung wieder zu gewinnen. Da hörte er ganz deutlich die Worte "Ramón folge mir!" Dieses mystische Erlebnis hat dann seine Wandlung eingeleitet. Das müßte im Jahre 1235 gewesen sein.

Das alles ist freilich Legende. Jedoch spricht vieles dafür, daß Llulls Leben in dieser Epoche keinesfalls asketisch gewesen ist, und daß er sich in Wonne Luxus und Sinnenfreuden hingegeben hat. Später bekennt er: "Die Schönheit der Frauen war der Fluch und die Qual meiner

Augen." Ein halbes Jahrhundert nach dem Erlebnis berichtet er, daß er eines nachts gerade damit beschäftigt gewesen sei, ein Gedicht an seine damalige Maitresse zu verfertigen, als ihm der gekreuzigte Christus erschienen sei. Verblüfft unterbrach er seine Beschäftigung und ging zu Bett.

Als er eine Woche später mit seinem Liebesgedicht fortfahren wollte, hatte er die gleiche Vision und genauso am folgenden Tage. Er war so entsetzt, daß er weder schreiben noch schlafen konnte und begann zu begreifen, daß Gott von ihm erwartete, daß er sein weltliches Leben aufgeben und sich ganz dem Dienste Christi widmen solle. Nach insgesamt fünf Christuserscheinungen war sein Ziel klar, und Llull begab sich zielbewußt auf seinen Weg, auf dem er der erste Mallorkiner wurde, dem es gelungen ist, europäische Bedeutung zu erlangen.

Quellen:

RAYMOND LULLE von Armand Llinarès, französisch, im Editorial Moll/Palma

KULTURFAHRPLAN von Werner Stein, F. A. Herbig Verlagsbuchhandlung

MALLORCA von W. M. Healy, Prestel-Verlag, München

"Eine vergessene Bildbiographie aus dem 14. Jahrhundert" von Rolf Hasler, Neue Zürcher Zeitung vom 13./14. September 1986

MEYERS ENZYKLOPÄDISCHES LEXIKON.

## *Der Seeheld und das Liebespaar*

Wer in Palma an der Contramuelle parkt, und dann an der Plaza Atarazanas vorbei zu der großen Einkaufsstraße strebt, kommt durch die Calle General Barceló. Das ist eine enge, finstere Gasse, in der wohl heute keine reichen Leute mehr wohnen. Im 18. Jahrhundert muß das anders gewesen sein. An einem großen, alten Haus, in dessen Innenhof heute große Stapel von Bierkästen stehen, gibt es eine Gedenktafel, die daran erinnert, daß hier dereinst der große Seeheld, Kämpfer gegen die Piraten, Antoni Barceló, General-Leutenant und Admiral der königlichen Flotte, gewohnt hat und hier auch gestorben ist.

Wer war das eigentlich? Im "CRONICON MAYORICENSE" sind so viele Heldentaten des großen Admirals aufgelistet, daß ich neugierig geworden bin und nach einer Lebensbeschreibung gesucht habe. Es gibt auch eine Biographie "EL GENERAL BARCELO", jedoch nur in katalanischer Sprache, einem Idiom, das ich nur intuitiv erfassen kann, weil es kein brauchbares Katalanisch-Deutsches Wörterbuch gibt.

Da lese ich dann, daß der große General 1716 in Palma geboren und daselbst 1797 im Bett gestorben ist. Seine zahlreichen Heldentaten waren teils gegen die nordafrikanischen Piraten, teils gegen die britische Flotte gerichtet, ganz am Anfang aber gegen ein Liebespaar. Damals lebte in der Hauptstadt Mallorcas Sor Elisabet Font dels Olors, 22 Jahre alt und aus Artá stammend. Sie wurde gegen ihren Willen im Kloster der Nonnen der Misericòrdia festgehalten, bis sie Manuel Bustillos von dort entführt hat. Der war Leutnant im Dragonerregiment Orà, 25 Jahre alt und verheiratet.

EL GENERAL ANTONI
BARCELÓ Y PONT DE
LA TERRA * 1716
† 1797 A LA
CIUTAT DE
MALLOR-CA

Die beiden hatten, mit falschen Pässen ausgestattet, auf dem französischen Segelschiff "Santa Maria de la Guardia", einer Tartana, eine Passage nach Almeria gefunden. Die Flucht wurde jedoch zu früh bekannt, weil ein Beichtvater den Bischof informiert hatte – also unter Bruch des Beichtgeheimnisses.

Darauf gab der Generalkapitän von Mallorca dem Patron der Xabece "El Leó", dem damals erst 25jährigen Antoni Barceló, den Befehl, das französische Schiff zu verfolgen und die beiden Flüchtlinge zurückzubringen. Ein Offizier und 25 Grenadiere wurden ihm mitgegeben.

Die Verfolger erreichten die "Santa Maria de la Guardia" kurz nach Sonnenaufgang 30 Meilen vor Cartagena. Hier enterten die Grenadiere ohne Widerstand zu finden, legten den Dragonerleutnant in Ketten und brachten ihn sowie Sor Elisabet auf die Xabece. Das Schiff "El León" lief am 16. August 1741 wieder in Palma ein. Dort wurden die beiden Gefangenen der militärischen, zivilen und kirchlichen Justiz übergeben. Manuel Bustillos wurde ins Gefängnis geworfen und Elisabet in einer Kutsche mit verhängten Fenstern in den Palast des Bischofs geschafft, um dort verhört und wieder in ihr Nonnengewand gekleidet zu werden.

Die Angeklagten mußten drei Prozesse über sich ergehen lassen: Vor dem General-Vikar, vor dem Kriegsgericht wegen Fahnenflucht und schließlich vor dem königlichen Appellationsgericht. Die Strafe war drakonisch. Don Manuel Bustillos wurde zum Tode verurteilt. Ihm sollte auf der Plaza en el Borne, vor der angetretenen Garnison "der Kopf abgeschlagen werden, bis er stirbt und die Seele sich vom Körper trennt, zur Strafe für den Verurteilten und zur Abschreckung". Sein Vermögen wurde zugunsten der Augustiner konfisziert. Die Prozeßakten sind erhalten. Ein Señor Rapto hat 1975 im "Panorama Balear" einen Artikel über den Vorfall veröffentlicht. Die genaue Beschreibung der Hinrichtung möchte ich Ihnen ersparen, aber keinesfalls unerwähnt lassen, daß die Machthabenden jedermann gleichfalls mit der Todesstrafe bedroht haben, der sich erdreisten sollte, eine Begnadigung zu fordern. Diese Maßnahme war notwendig geworden, weil viele Mallorkiner über die grausame Strafe empört waren und voller Mitleid für Nachsicht plädierten.

Elisabet übergab der Bischof ihrem Kloster, wo sie hinter Schloß und Riegel verschwand und von einer alten Nonne bewacht wurde. Ihre Prozeßakten wurden zur Entscheidung nach Rom geschickt. Dort hat dann der Heilige Vater verfügt, daß Elisabet nicht exkommuniziert werden sollte. Jedoch durfte sie lebenslänglich keinen schwarzen Schleier tragen, nicht an Abstimmungen teilnehmen sowie auf immer und ewig kein Amt einnehmen, sondern stets nur den untersten Rang bekleiden. Zweimal in der Woche war sie nur befugt, Brot und

Wasser zu sich zu nehmen, zweimal in der Woche wurde sie gezüchtigt und zweimal in der Woche mußte sie allen versammelten Nonnen die Füße küssen. Bei all dem ist sie 70 Jahre alt geworden, ein Muster für Reue und Bußfertigkeit. Sie soll erst 1790 gestorben sein, also hat sie Kapitän Antoni um sieben Jahre überlebt. Ich glaube aber nicht, daß der Admiral Antoni Barceló in seiner letzten Stunde von Gewissensbissen geplagt wurde, weil er das Liebespaar an das Messer geliefert hat. Große Generale haben wohl da noch ganz andere Sachen zu verkraften.

Mit 81 Jahren im Bett zu sterben, war auch damals ungewöhnlich für Seehelden, die sich ja oft persönlichen Gefahren ausgesetzt haben. Er wurde mehrfach verwundet. Seine Biographie liefert hinreichend Stoff für mehrere historische Filme. Vermutlich ist sie Hollywood oder den französischen Filmemachern nur deshalb entgangen, weil die Story nicht in bequemem Englisch oder Französisch vorliegt. Andernfalls hätten wir bestimmt schon vor Jahrzehnten Jean Marais oder Philippe Gérard in der Rolle des Dragonerleutnants bewundern können.

# *Die SALPÁS-WANDERUNG über den Pas de s'Al.lot Mort*

Sie sollten sie lesen, aber keinesfalls ohne Führer nachwandern!

"Cherbert, wenn Du morgen mitkommst, wirst Du etwas ganz Besonderes erleben," sagte Benigne am Telefon. Er sagt stets "Cherbert" statt "Herbert", denn wie fast alle Spanier kann er kein "H" aussprechen. "Salpás nennt sich eine alte mallorquinische Sitte: In der Woche nach Ostern werden alle Häuser geweiht. Zu diesem Zweck besucht Padre Rafael selbst die abgelegensten Einödhöfe von Escorca – und wir dürfen dabei sein. Jesús kommt auch und nimmt seine neue Videokamera mit. Wir steigen vom Tal der Binis zur Cala Tuent hinunter."

Das klingt interessant. Es geht offenbar durch eine der wildesten Felslandschaften Mallorcas. – Selbstverständlich mache ich mit und parke am nächsten Morgen um 9.30 Uhr mein kleines Auto neben der runden Mauer beim Kilometerstein 2 der Straße nach La Calobra (PM 2141). Die halbrunde Mauer gehört zur Plattform einer Seilbahn, die einmal von hier zum Puig Major hinaufführen sollte. Glücklicherweise ging die Seilbahn-Gesellschaft pleite, ehe das Verbrechen ausgeführt werden konnte.

Wir drei steigen aus dem Wagen und schnallen unsere Rucksäcke um. Jesús García-Pastor, Autor der vielbändigen "RUTAS ESCONDIDAS DE MALLORCA" und ausgezeichneter Kenner der Mallorquiner Bergwelt, hat ein neues Hobby. Schon auf der Herfahrt haben wir gehalten und Jesús hat den Blick hinab in den wilden Torrent de Pareis von der Straße herab gefilmt. Bei Escorca gibt es eine Stelle, beim Kilometer 26 der C-710, wo man bis zum Entreforc hinabschauen kann. Das ist jener Ort, wo sich der Torrent des Gorg Blau mit dem Torrent

Salpás
Padre Rafael
12.4.85

de Lluc vereint und der enge Canyon des Torrent de Pareis beginnt.

Auch jetzt hat Jesús seine Videokamera schnell zur Hand, als wie aus dem Nichts, plötzlich ein kleines Männchen auftaucht. Wo ist es eigentlich hergekommen? – Ein Auto ist nirgendwo zu sehen. Das Männchen ist wohl knapp 1,60 m hoch und trägt eine schwarze Soutane. Auf seinem Kopf sitzt ein breitkrempiger, geflickter Strohhut jener Art die Mallorquiner Bauern bei der Feldarbeit vor der Sonne schützt. Der Hut ist mit einem Band unter dem Kinn festgebunden, denn hier weht bereits ein frischer Wind, obgleich wir erst auf halber Höhe unter dem mehr als 1400 Meter hohen Puig Major stehen. Das Männchen hält einen etwa schulterhohen, ziemlich dicken Stab in der Hand, und auf dem Rükken trägt es einen guten Rucksack, aus dessen Seitentaschen einige Kerzen herausragen. Unter der Soutane schauen ein paar solide Bergstiefel hervor. Das Schönste an dieser Erscheinung jedoch ist das gütige Lächeln im Gesicht von Padre Rafael.

Ich werde ihm vorgestellt und erfahre, daß Padre Rafael bereits 78 Jahre zählt, Priester aus dem Kloster Lluc und ein berühmter Bergsteiger ist, der seine Gemeinde auch in den entlegensten Ecken betreut. Ein Auto hat ihn vom Kloster geholt und hier abgesetzt. Wir erleben später selbst, daß dem beliebten Padre, und auch uns, die wir mit ihm wandern, überall Jeeps oder Landrover zur Verfügung stehen. Er braucht nicht einmal die Hand auszustrecken – sie warten bereits hinter der nächsten Wegecke, wenn wir sie brauchen. – Wie funktioniert bloß diese wundersame Organisation, ohne deren Hilfe diese Wanderung gar nicht durchzuführen wäre? Wie sollten wir sonst unten von der Cala Tuent je wieder zu unserem oben geparkten Auto hinaufkommen? –

Der Padre sagt ein paar Worte in mir unverständlichem Mallorquín und geht dann auf einem Bergpfad aufwärts. Rechts von uns steigt eine Telefonleitung gleichfalls nach oben. Unser Pfad führt unter einer Stromleitung hindurch und dann links neben ihr den mit Càrritx bewachsenen Berghang hinauf. Bereits nach 20 Minuten erreichen wir einen ersten Paß. Hier liegen gleich rechts die Grundmauern des Gehöftes Es Porxo Esbucat, das gewiß seit einigen Jahrhunderten verlassen ist. ”Von hier geht es immer bergab!” sagt Padre Rafael begütigend.

Am Wegrand warten dort vier weitere Bergsteiger, darunter ein Ehepaar aus Sóller. Wir sind jetzt etwa 800 Meter hoch und können von hier in ein Gewirr wilder Schluchten hinabschauen. Ganz deutlich erkennen wir unten die charakteristische Form des Klippenfelsens Morro de Sa Vaca (Kuhmaul), der neben der Mündung des Torrent de Pareis am Rand der Sa Calobra-Bucht aus dem Meer ragt. Wir können auch einen Teil jener abenteuerlichen Serpentinenstraße erkennen, die sich dorthin hinabschlängelt. Viele mit spitzen Zacken besetzte Felsen staffeln sich hintereinander, stürzen in tiefe Abgründe und steigen wieder an. In jahrtausende langer Arbeit haben Regen und Sonne die meisten Felstürme mit Rillen versehen. "Karen" nennt man diese Rillen in den Alpen.

Wir passieren ein Gatter, das die Schafe auch mit psychologischen Mitteln vom Passieren abhalten will: Ein Schafsschädel ist auf das Tor genagelt. – Ob die dummen Tiere sich dadurch schrecken lassen? – Der Weg senkt sich, und bald können wir um die Felskante der Serra de Na Rius herumschauen, die links von uns zum Puig-Major-Massiv aufsteigt. Seltsamerweise ist ein Stückchen des Bergpfades plötzlich gepflastert, und es gibt Stützmauern. Wer hat wohl hier wann und wozu einen Camino condicionado angelegt? – Ganz einsam steht eine große Steineiche links vom Weg.

In dieser Richtung liegt auch die Coma Fosca, von der die enge Schlucht Comellar de l'Infern (Höllenschlucht) sich über Schroffen und Geröllfelder direkt zum Hauptgipfel des Puig Major (1.436 Meter) türmt. Selbst im sonnigen April blinken dort oben noch Schneefelder im Bergschatten unterhalb der weißen Radarkuppeln. Rechts vom Weg liegt eine eingezäunte, teilweise terrassierte Hochebene, auf der Schafe nach magerem Futter suchen. Sie wird im Norden von Felszacken begrenzt, hinter denen es wohl steil hinunter geht. Wie tief es hinab geht, können wir erst später sehen. Der Torrent des Gorg des Diners hat sich sein Bett durch diese Hochebene und die Felsbarriere gefressen.

Im Grund der Coma Fosca kuschelt ein Kiefernwäldchen sich in eine geschützte Mulde, aber einige riesige Kiefern behaupten sich auch allein. Sie stehen nahe dem Weg auf dieser gewiß oft sturmumtosten Hochfläche.

Dort, wo rechts eine große Pappel neben dem Weg wächst, liegt links die Quelle Font de Sa Balma (Subauma). Sie entspringt einem niedrigen Hang in einer Felsnische und strömt dann in eine steinerne Tränke am Wegesrand. Aus dem Bergpfad ist ein holpriger Fahrweg geworden. Hier erwartet uns der Bauer von Bini Gran mit seinem Landrover, ein recht uriger Typ mit von Wind und Sonne gegerbtem Gesicht. Padre Rafael setzt sich neben den Fahrer. Wir jedoch schieben nur unsere Rucksäcke in den Landrover, weil wir lieber auf eigenen Füßen durch das großartige Valle de los Binis wandern wollen.

Bald sehen wir links von uns die Nordflanke des Puig Major und die vielen Verwerfungsstufen, die entstanden sind, als hier einst unvorstellbare Kräfte die Schollen des Sedimentgesteins gegeneinander und über das ältere Urgestein geschoben haben. Das soll etwa zu jener Zeit geschehen sein, als auch die Alpen aufgetürmt worden sind. Auf einem dieser Schollenabsätze kommt von links (SW) der Camí des Cingles vom Coll des Card Colers herunter, trifft sich mit unserem Weg, um gleich darauf nach links hinab zum Gehöft Bini Gran umzubiegen. Wir folgen ihm in das Tal hinab.

Vor dem Gehöft, das aus zwei Wohnhäusern mit Schuppen und Ställen besteht, parkt der Landrover mit unseren Rucksäcken. Im Wohnzimmer des größeren Hauses ist der Tisch mit Produkten der eigenen Scholle dekoriert: Äpfel, Apfelsinen, Tomaten, Oliven in Schüsseln, rote und graue Würste auf braunen Tellern, dazu Brot und Wein. Das erinnert an "Erntedankfest", steht aber zum späteren Verzehr bereit.

Padre Rafael hat inzwischen ein weißes Chorhemdchen aus seinem Rucksack geholt und über die Soutane gezogen. Er hält neben dem gedeckten Tisch eine kurze Andacht, ehe er das Haus weiht. Einige Mallorquiner halten brennende Kerzen, alle antworten im Gebet. Mir gelingt es nur, an passender Stelle in perfektem Mallorquín "Amen!" zu sagen – viel mehr verstehe ich leider nicht.

Vom Nebenhaus ist ein dünnes Männchen, das eine Baskenmütze trägt, herübergekommen, um uns zu holen. Wir folgen ihm, um auch in gleicher Weise im kleineren Nebenhaus an der Weihezeremonie teilzunehmen. Anschließend kehren alle in das größere Haus zurück und nehmen an dem großen Tisch mit den Früchten zu einer kleinen Mahlzeit Platz. Für soviele Gäste mußten sogar die zerbrochenen, alten Stühle noch einmal vom Speicher heruntergeholt werden. Die Messer befinden sich offensichtlich seit Generationen in Familienbesitz.

Jesús sitzt neben mir und führt vor, wie man Pa amb oli bereitet: Auf eine Scheibe vom runden Mallorquiner Weißbrot wird etwas Olivenöl geträufelt und dann gequetschte Tomate hineingerieben. Schließlich kommt etwas Salz obenauf. Dazu essen wir Käse, luftgetrockneten Schinken oder auch Wurst mit großen Speckbrocken, die an Preßsack erinnert sowie Gurken und Pepperoni.

Am Tisch sitzt Padre Rafael mir gegenüber, und ich kann sein gütiges Gesicht genau betrachten. Da ziehe ich meinen Skizzenblock heraus und zeichne ihn – aber nicht so, wie er jetzt vor mir sitzt, sondern als jenen bergsteigenden Padre mit langem Stab und Sonnenhut, der uns gleich zu Beginn der Wanderung begegnet ist. Mit meiner Zeichnung mache ich hier weit mehr Eindruck als mit Schnellfotos aus einer Polaroidkamera. Sie gefällt unserem Gastgeber, dem Bergbauern so gut, daß er sie gern behalten möchte. Selbstverständlich schenke ich ihm die Zeichnung und fertige mir in drei Minuten eine neue. – Hier zeigt sich, daß man nicht nur mit Musik, sondern auch mit der Zeichnerei Sprach- und Kulturkreisgrenzen überspringen kann.

Als wir wieder aus dem Hause treten, wartet draußen schon eine größere Familie mit Kindern. Es sind die Besitzer von Bini Petit, die aber wohl nur an Wochenenden und in den Ferien in dem einsamen Berggehöft wohnen – wie sollten auch von hier aus die Kinder täglich in die Schule kommen? – Nach Bini Petit geht man nur fünf Minuten, erst durch ein Tor, dann durch Steineichenwald auf einem uralten Saumpfad. Der Name "Bini" läßt vermuten, daß schon in arabischer Zeit hier oben Landwirtschaft betrieben worden ist, also vor mehr als siebenhundert Jahren.

Nochmals wird die Salpás-Zeremonie wiederholt. Danach begleiten uns alle Talbewohner bis zur Grenze des zum Hof gehörigen Gebietes. Es geht durch felsiges Gelände, vorbei an der verkrauteten Quelle Es Bassol, bis zu jener Stelle, wo der Abstieg in den Torrent de Bini beginnt. Padre Rafael übernimmt jetzt die Führung. Er hat seine Soutane zu einer Art von Jacke hochgebunden, unter der graue Cordhosen erschienen sind. Chorhemd und Strohhut sind im Rucksack verschwunden.

Ein gutes Stück rechts von uns sehen wir die Steilwand, die von der Hochebene bei der Font de Sa Balma herabfällt. Überall ragen steile, spitze Felszacken auf, ein Meer aus schäumenden Wogen, von der Erosion aus dem Gestein gemeißelt. Ein paar hundert Meter können wir noch auf einem gewundenen Ziegenpfad abwärts laufen, dann geht es rechts steil in eine Schlucht hinunter, und wir müssen vorsichtig klettern. Aber so einfach geht das nicht! – Jesús will ja diesen Abstieg durch eine der unbändigsten Gegenden Mallorcas mit seiner Videokamera festhalten und übertrifft sich selbst als Regisseur und Kameramann. Zunächst filmt er den Abstieg durch die Schlucht von oben, dann eilt er, mit seiner schweren Kamera und dem Rucksack, von Fels zu Fels gleitend, an uns vorbei, um den weiteren Abstieg von unten aufzunehmen. Jesús zählt bereits 71 Jahre – Bergsteigen auf Mallorca scheint jung zu halten! – Unter seiner Regie werden wir zu Schauspielern oder Statisten, bleiben auf sein Kommando in unserer Position stehen und klettern weiter, wenn er "Acción!" ruft und von der Talsohle aus den einen oder anderen mittels Zoom nahe heranholt.

Endlich sind alle wohlbehalten im Grund des Torrent de s'Al.lot Mort gelandet, etwas nördlich jener Stelle, wo er sich mit dem Torrent des Gorg des Diners vereinigt. Diesen Torrent haben wir bereits oben, auf der Hochfläche bei der Font de Sa Balma kennengelernt, und wir wissen, daß er durch die Clot d'Infern vom Gipfel des Puig Major herabkommt. Wer jedoch glaubt, jetzt sei das Schwierigste geschafft, und es ginge nun glatt weiter, der hat sich schwer geirrt!

Im Grund des Torrent klettern wir jetzt um und über Felsblöcke und durch stacheliges Gestrüpp. Padre Rafael geht wieder voraus. Jetzt steigt er rechts zu einer Terrasse hinauf, die von einer Felswand überwölbt wird. Aus einer versteckten Höhlung zieht er eine kleine, verkorkte Flasche, die einen Zettel sowie einen Bleistift enthält. Auf dem Papier steht schon eine ganze Reihe von Daten und Namen, denn Padre Rafael hat bereits seit Jahrzehnten Gruppen über den Pas de s'Al.lot Mort geführt. Heute werde ich auch eingetragen – und darauf bin ich ein wenig stolz.

Unser Weg verläuft jetzt nicht mehr im Grund des Torrent, sondern etwas höher auf einem Ziegenpfad an der rechten Wand entlang. Und das ist gut so, denn der Torrent verschwindet in einem Felstor, das dadurch entstanden ist, daß ein gewaltiger Block von der Wand des Canyons hinabgefallen und genau dort liegen geblieben ist, wo das Regenwasser im Verlauf unvorstellbarer Zeiträume einen tiefen Einschnitt in das Gestein gesägt hat, ehe es als Wasserfall tief nach unten gestürzt ist. An diesem Tor vorbei können wir bereits weit unter uns die Autostraße erkennen, die sich von Sa Calobra über den Paß mit dem uralten Kirchlein St. Llorenc kommend, nach links zur Cala Tuent hinabschlängelt.

Aber die Cala Tuent liegt mindestens 300 Meter unter uns, und diese 300 Meter wollen erst noch überwunden sein. Der Pfad führt an der rechten Steilwand entlang, und als ich später von unten diese Wand anschaue, ist kaum auszumachen, wo wir denn da eigentlich heruntergeklettert sein können ohne zu fliegen. Dabei ist der Pfad gar nicht einmal so schlecht, und an kritischen Stellen mit roten Punkten markiert. Links geht es steil hinunter, und es wird abenteuerlich, denn der Pfad erinnert jetzt an jene Felspfade in den Comic-Heften, von denen die Cowboys immer die Posträuber hinunterschießen. An einer Stelle müssen wir das Herz vorauswerfen und uns über den Abgrund schwingen.

"Hier wird die Señora nicht hinüberklettern," meint Benigne, aber er irrt. Von ihrem Mann begleitet klettert die Dame aus Sóller langsam aber stetig weiter – mitunter mit ein wenig Zureden. Jesús nimmt auch diese Passage mit seiner Videokamera auf – und das ist keinesfalls einfach. Trotz seiner 71 Jahre hat er eine ganz ausgezeichnete Kondition. Er klettert mit der schweren Kamera über der Schulter und dem Rucksack auf dem Rücken voraus und postiert sich auf einem Fels über der Tiefe. Von dort kann er uns dann gut ins Bild setzen.

Das alles ist kein Sport für Leute, denen an Abgründen schwindelig wird! – Hier muß man sich auf die festen Steine konzentrieren und nach rechts denken und empfinden, hin zu der festen, hohen Felswand – weg von der Schluchtseite, wo ein Absturz tödlich wäre. Auf ähnliche Weise muß eine ganze Reihe von Felsecken umklettert werden. Danach geht es steiler hinab durch ein kleines Geröllfeld und durch das Felsblock-Gewirr eines kleinen Torrent, der von rechts oben aus einer Schlucht herunter kommt.

Gleich hinter mir klettert ein kleiner Bergsteiger aus Sóller, der wohl auch schon über 70 zählt. Mit Hilfe der Kleidung aus seinem Rucksack hat er sich im Verlauf der Wanderung von einem gemütlichen Rentner in einen Muntanyero verwandelt. Dann und wann warten wir beide, bis Padre Rafael kommt und uns sagt, ob wir nun links oder rechts hinabsteigen müssen. Wir gelangen jetzt aus dem Schatten der Canyon-Schlucht hinaus, und die Sonne fängt an, uns einzuheizen. Zum Glück erreichen wir nun die hier recht tief liegende Baumgrenze und können

Es Pas
de s'Al.lot Mort

schon einmal im Schatten der ersten Steineichen und Mastixsträucher eine Verschnaufpause einlegen. Dabei werden nicht viele Worte gewechselt, aber man lacht sich an, verschenkt einen Eucalyptus-Bonbon und findet sich sympathisch.

Das Video-Team ist etwas zurückgeblieben. Als schließlich Jesús und Benigne oben auf dem Pfad in unserem Blickfeld auftauchen, steigen wir weiter hinab. Wir haben nun schon etwas Abstand von der hohen Felswand gewonnen, und wenn wir zurückschauen, einen Überblick. Der Pfad ist zwischen Fels und Càrritx kaum noch zu ahnen, und darüber steigt die Felswand ein paar hundert Meter an, schroff, steil, von Furchen zerschnitten. Von dem untenliegenden Bauernhaus aus kann man die Wand gewiß voll überblikken. Benigne hat mir später die Legende vom Pas de s'Al.lot Mort erzählt:

Der Jungbauer von Can Lletx hatte oben auf der Steilwand Wildziegen gejagt. Jetzt mußte er etwas hinabklettern, um eine erlegte Ziege zu bergen. – Seine Mutter konnte ihm dabei vom Haus aus zuschauen. Plötzlich jedoch erfaßte ihn ein Schwindel, er stürzte vor ihren Augen von der Felswand herab und zerschmetterte auf den spitzen Felsen.

Die Bäuerin hat noch viele Jahre in Can Lletx gelebt, aber immer wenn sie aus dem Haus getreten ist, hat sie den Blick zu Boden gesenkt. – Nie wieder hat sie zu jener Steilwand hinaufgeschaut, wo das Entsetzliche geschehen war. –

Auf unserem Pfad gelangen wir von hier erstaunlich schnell wieder in terrassiertes Kulturland. Kurz hinter den ersten Kiefern erkenne ich einen Johannisbrotbaum und dann Ölbäume. Der Weg durch das Terrassengelände verliert sich immer wieder. Er wird von anderen Wegen gekreuzt, die auf Terrassen, in einem Brombeergestrüpp oder an noch immer steilen Hängen enden. Wir müssen ein paar Mal umkehren, gelangen aber schließlich doch zu einem Sefareig, einem offenen Wasserbecken, mit dessen Hilfe eine kleine Orangenplantage bewässert wird. Die goldenen Früchte stehen gar herrlich in dem dunkelgrünen Laub. Von hier führt ein gerader Weg in wenigen Minuten zu dem schönen, alten Gehöft Can Lletx, dem eine hohe Palme zusätzliche Würde verleiht.

Wer mit Padre Rafael kommt, wird selbstverständlich sofort in den gemütlichen Wohnraum gebeten und erhält einen Kaffee. Die Bewohner dieses abgelegenen Hofes sind keinesfalls "Hinterwäldler", sondern eine recht aufgeweckte Familie. Unter den Jungen im Schulalter gibt es Zwillinge, und der noch recht aktive, lebhafte Großvater kennt die nahen Berge ganz genau. Er ist es, der die roten Punkte an unseren Pfad gemalt hat. – Dort waren sie sinnvoll plaziert und haben uns wirklich geholfen.

Padre Rafael wird von einem neu hinzukommenden Bauern entführt – er soll auch dessen Haus segnen. Dann erscheint ein kräftiger, untersetzter Mann und es entbrennt eine laute, heftige Diskussion in Mallorquín. Ich werde nach meiner Meinung gefragt und sage: "Ich verstehe kein Wort!" – "Besser so!" sagt der untersetzte Mann. Ich erfahre, daß er ein Bauunternehmer ist, der eigentlich von einer ganz anderen Stelle mit seinem Landrover acht Bauarbeiter abholen wollte, die seit einer halben Stunde Feierabend haben, jedoch der Wunsch des gar nicht mehr sichtbaren Padre Rafael zwingt ihn, erst einmal uns wieder zu unseren Autos hinauf zu befördern über die wilde Sa-Calobra-Straße. Und das macht ihn nervös. Im Bereich von Escorca ist es gewiß völlig ausgeschlossen, der Freundlichkeit von Padre Rafael zu widerstehen. Ich selbst habe Monate später eine Woche lang kleine Schildchen gemalt, die in vier Sprachen die Exponate im Museum des Klosters Lluc erklären. Und das gern und freiwillig.

Endlich kommt, gut 40 Minuten nach unserem Eintreffen, der Rest der Gruppe im Can Lletx an. Wir steigen alle in den Landrover. Padre Rafael schaut zu und klettert dann in ein anderes wartendes Auto. – Wahrscheinlich hat er heute noch viel zu segnen. Wir dagegen fahren mit dem Landrover aus der romantischen Cala Tuent zur Calobra-Straße hinüber, vorbei an dem Kirchlein der Ermita de Sant Llorenc, und dann die bekannten, steilen Serpentinen zum "Krawattenknoten" hinauf.

Gegen 18 Uhr werden wir neben unseren Autos wieder abgesetzt und finden endlich Gelegenheit, all die guten Dinge zu verspeisen, die wir während der ganzen Kletterwanderung auf dem Rücken mitgeschleppt hatten. – "Das war ein wunderschöner, ganz ungewöhnlich erlebnisreicher Tag!" – Wir waren elf Stunden unterwegs und sind etwa die halbe Zeit gelaufen oder geklettert.

# *Juan veredelt einen Ölbaum*

Auf Mallorca gibt es keine echten Olivenbäume. Olivenbäume entstehen hier, indem man auf einen wilden Ölbaum (Spanisch: Acebuche, Mallorquín: Ullastre, Latein: Olea oleaster) das Reis eines Olivenbaumes (Olea europea L.) aufpflanzt. So sind all die Ölbäume entstanden, deren uralte, phantastisch geformte Stämme wir auf den Ölbaumterrassen bewundern.

In unserem Garten wächst solch ein wilder Ölbaum, mit kleinen Blättern und kleinen, bitteren, ölarmen Früchten. Diesen Baum hätte ich gern zu einem heiligen Olivenbaum veredelt, obgleich ich weiß, daß auf Mallorca 80 Prozent der reifen Oliven gar nicht mehr geerntet werden und daß der knorrige Olivenstamm wohl erst spätere Generationen erfreuen wird.

Juan will mir zeigen, wie man Ölbäume veredelt. Er ist der einzige Mensch, den ich kenne, der so etwas bestimmt weiß. Juan lebt in seinem eigenen Tal weitgehend von dem Ertrag seiner eigenen Scholle und auch von den Oliven, die er von seinen eigenen Bäumen erntet. Er ist Vegetarier und ernährt sich von lactovegetabiler Kost. Seine Milch liefern ein paar Ziegen, seine Eier eigene Hühner. Offenbar ist er dabei kerngesund, er wirkt fröhlich und zufrieden.

Dieses "alternative Leben" führt er bereits seit elf Jahren. Zuvor hat er in einem hektischen Reisebüro gearbeitet, aber dann kam seine Erleuchtung: ,,Der Mensch kann doch nicht geschaffen sein, um sein Leben hinter einem Schreibtisch zu verbringen. Ich möchte auf meiner eigenen Scholle in frischer Luft arbeiten und unabhängig nach eigenem Maßstab leben. Ich möchte meine Familie und mich mit selbsterzeugten Lebensmitteln ernähren, die frei sind von chemischen Zusätzen und Konservierungsgiften. Ich möchte unabhängig sein von Konsumzwang und Technik, so natürlich wie möglich leben, einfach und nach den Geboten Gottes." –

Wie die meisten "Alternativen" hat er eine eigene, gut passende Philosophie entwickelt, ein wenig wie weiland Diogenes, mit einer zusätzlichen Absage an die meisten Errungenschaften der modernen Zivilisation. – Ich weiß nicht, mit welchen Mitteln er sein Tal gekauft hat, oder ob er es einfach geerbt hat. Vielleicht geht das bei Juan auch nur deshalb so problemlos, weil er eine tüchtige Frau hat, die mit den drei Töchtern unten im Dorf lebt, wo die Kinder zur Schule gehen können und die Juan nur an den Wochenenden besucht? –

Juans Frau arbeitet in einer Bank und fährt einen Geländewagen, mit dem sie bei jedem Wetter zu dem Haus auf dem Sonnenhang des einsamen Tales hinauffahren kann. Dieses Haus werde ich heute zum ersten Mal betreten. – Ich bin ein wenig gespannt, wie es eingerichtet ist, und wie so ein alternatives Leben wohl in der Praxis aussieht. Bislang haben wir uns nur weiter unten im Tal getroffen, wo Juan auf seinen Terrassen werkelt, um Gemüse anzubauen oder Wasserbecken abzudichten, deren Betonwand durstige Kiefernwurzeln gesprengt haben. Eine Ausnahme war der Besuch der ganzen, liebenswürdigen Familie in unserer Wohnung, an jenem Abend, als ich Dias von Wanderungen auf die hohen Berge vorgeführt habe, die hinter Juans Haus aufragen.

Heute fahre ich also auf dem steinigen Karrenweg im Talgrund bis zu einer flachen Stelle unter Mandelbäumen. Dort kann ich meinen Wagen gut abstellen. Der weitere Weg ist so steil und steinig, daß mein kleines Auto Angst davor hat. Ich trage zwei Plastiktüten. In der einen steckt "Das große Buch vom Leben auf dem Lande" von John Seymour, das bezeichnenderweise den Untertitel trägt "Ein praktisches Handbuch für Realisten und Träumer". Ich vermute, es ist mehr für Träumer geeignet – aber fast alle Realitäten beginnen ja mit einem Traum. –

Ich hatte in Seymours Buch bereits unter "Kopulieren" und Okulieren" nachgeschlagen, um zu erfahren, welches Werkzeug und Material ich wohl mitbringen muß. Das hat nur wenig genutzt, denn bei Juan brauche ich später weder Bast noch Leinwandstreifen und auch kein Veredelungswachs. – Der schmale Fußpfad, der die Serpentinen des Karrenweges abschneidet, steigt steil an. Einige Ziegen sind neben dem Pfad so angepflockt, daß sie einen begrenzten Bereich abweiden können. Sie schauen mit neugierig-intelligentem Blick herüber. Dieser Blick ist so ganz anders als der recht dämliche Schafsblick. Ziegen reißen gern aus, um sich den freien, verwilderten Bergziegen anzuschließen. Schafe vertrauen ihrem Hirten, bis er sie schlachtet. Ich habe nie verstanden, warum christliche Kirchen so gern vom Pastor also vom "guten Hirten" sprechen und ihre Gemeinden so zu Schafsherden deklassieren.

Als ich mich Juans Haus nähere, schlägt ein kleiner, schwarzer Hund an. Er kann sich gar nicht fassen vor Aufregung und will mich unbedingt in die Hose zwicken. Juan erwartet mich. Er schaut von seiner Terrasse herab und beruhigt sein Hündchen. Zwei junge Katzen geben sich Mühe, die Unfreundlichkeiten des kleinen Hundes vergessen zu machen und umschnurren schmeichelnd meine Beine.

Das Haus ist überraschend groß und bietet gewiß hinreichend Raum für eine vierköpfige Familie. Juan hat es vor elf Jahren nach eigenen Plänen erbauen lassen. Es steht auf einem großen Wasser-Reservoir aus Beton, das sich unter Terrasse und Haus erstreckt. Juan kann oben eine Platte öffnen und dann aus seiner Zisterne mit Eimer und Seil Wasser heraufziehen, um sich zu waschen.

Er bittet mich in seine Wohnküche und fragt, ob ich denn schon gefrühstückt hätte. Er selbst hat noch nichts gegessen und lädt mich zu einer Kostprobe, obgleich ich bereits ein solides Morgenmahl zu mir genommen habe. Juan verfügt über einen Herd, der mit Butan gespeist wird – so "alternativ", daß er zum Kochen nur Brennholz aus dem Wald verwendet, ist er dann wohl auch wieder nicht! – Er mischt Vollkornmehl (arina integral) mit Ziegenmilch und bäckt daraus Fladen in einer Pfanne, in die er zuvor etwas Olivenöl gegeben hat. Vor dem Verzehr legt er einige Bröckchen von festem, hellgelben Honig auf seine Fladen, ehe er sie zusammenrollt und in den Mund schiebt. Ich mache es ihm nach – es schmeckt recht gut. Ähnliche Fladen haben mir in der lybischen Wüste arabische Straßenarbeiter angeboten oder auch jene Sikhs, die damals in Kairo wie eine persönliche Leibwache neben meinem Krankenbett gestanden hatten. – Das alles ist schon so lange her, daß es wie eine Erinnerung aus einem anderen Leben erscheint.

Vollkornmehl kann Juan noch nicht selbst herstellen. Er weiß aber, wo man es preisgünstig kaufen kann. Der Honig stammt von seinen eigenen Bienen. "Früher, als ich noch gekauften Honig essen mußte, habe ich davon Bauchschmerzen bekommen, weil die professionellen Imker ihre Bienen mit Zucker füttern. Seit ich nur noch den reinen Honig meiner eigenen Bienen esse, kommt das nicht mehr vor." – Auf dem Tisch stehen Schalen mit Oliven und Mandeln eigener Ernte aber auch zwei große Schüsseln, die ineinander passen. Die obere ist, ähnlich einem Abtropfsieb, mit Löchern versehen und enthält frischen Ziegenkäse. Die Molke tropft durch die Löcher in die untere Schüssel und sammelt sich dort. Juan trinkt diese Molke und bietet mir auch einen Becher an. Sie schmeckt nicht übel, mag sein, daß sie gesund ist.

Juan würde gern eigenes Olivenöl pressen, aber er weiß, genau wie ich, daß die Tafonas, jene Ölmühlen in den alten Bauernhöfen, sehr viel Raum und komplizierte Maschinen erfordern. Irgendwie muß das freilich auch ohne diese Maschinen gehen, denn bereits zu biblischen Zeiten wurde ja Öl gepreßt. – Juan ißt bislang seine Oliven nur "eingelegt", nachdem er sie mit Salz entbittert hat. Trotzdem schmecken die Mallorkiner Oliven noch recht herb – ich habe mich aber daran gewöhnt.

Dicht beim Haus ist ein Hühnerkäfig, dahinter ertönt Eselgeschrei. Juan hat einen Sack mit Càrritx, einer Art Pampasgras, gefüllt und wirft es dem Esel vor. "Wenn er nicht arbeiten muß, genügt Càrritx vollkommen. Du siehst ja, er ist nicht dürr und wirkt wohl genährt. Mit Johannisbrot füttere ich ihn nur, wenn er arbeiten muß – sonst wird er mir zu wild." Im Garten wachsen spanischer Salat, Kohl, Bohnen und Erbsen. Stolz berichtet Juan von einem überdimensionalen Blumenkohl, den er kürzlich geerntet hat.

"Da reden die Leute von ihrem zivilisatorischen Luxus, den sie angeblich genießen – aber woraus besteht denn eigentlich ihr Luxus? Aus ständiger Berieselung durch Radio, Fernsehen und Presse, die künstliche Bedürfnisse schafft, die sonst gar nicht vorhanden wären, aus vergifteten Nahrungsmitteln, von denen man krank wird und aus "Komfort-Wohnungen", in denen man vor Geräuschen und Straßenlärm nicht schlafen kann, umgeben von Atemluft, die von Abgasen geschwängert ist ?" – Juan beleuchtet seine Wohnung mit Petroleumlampen, aber auf einem Wandbrett steht doch ein kleines, batteriebetriebenes Radio, das ihm gestattet, Nachrichten und Wettervorhersagen zu empfangen.

Das Leben ohne zivilsatorische Errungenschaften wird jenen Mallorkinern leichter gefallen sein, die so etwas gar nicht gekannt haben, als sie noch vor achtzig Jahren die vielen Täler mit dem Mandelbaumterrassen bewohnten. Später haben sie fast alle Gehöfte aufgegeben, weil sie das karge, armselige Leben, voll ständiger Mühsal und harter Arbeit, nicht mehr ertragen haben. Überall stößt man dort auf verlassene Bauernhäuser und verfallene Hütten. An vielen Stellen erobern Kiefern und Steineichen die nicht mehr beackerten Terrassen zurück, die frühere Generationen mit so großer Mühe angelegt haben. Juan weiß das alles, aber es scheint ihn nicht zu schrecken. Er will mir jetzt zeigen, wie man Ölbäume veredelt. Man braucht dazu:

● Edelreiser von veredelten Ölbäumen. Das sind Zweige von 10 – 15 mm Durchmesser mit mehreren "Augen", auf 20 – 30 cm Länge gestutzt. Sie werden im Januar geschnitten und in einer Büchse mit feuchtem Lehm, aufbewahrt. Die unteren Enden der Reiser stecken in dem Lehm der ständig feucht gehalten werden muß.

● Als Werkzeug eine kurze Baumsäge, ein scharfes, festes Messer, Lehm, der sich an feuchten Wegstellen abgesetzt hat, festes Papier von Illustrierten (kein Zeitungspapier, das sich auflöst, sobald es der erste Regen näßt.), einen Schraubenzieher mittlerer Größe sowie etwa zehn Meter feste Schnur pro Baum.

Die rechte Zeit zum Veredeln von Ölbäumen ist auf Mallorca von Februar bis Mitte April.

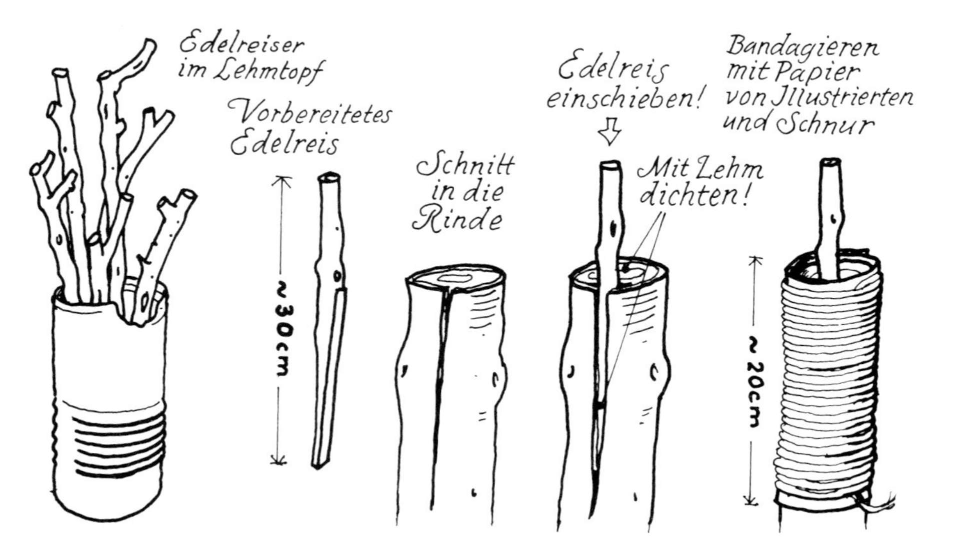


Nur 200 Meter von Juans Haus entfernt stehen zwei wilde Ölbäume dicht beieinander. Juan will den rechten veredeln, ich soll an dem linken Schritt für Schritt alles nachvollziehen. Zunächst kappen wir die Kronen beider Bäume in Höhe unserer Augen. Dort sind sie sechs oder acht Zentimeter stark. In dieser Höhe kann man gut an den Bäumen arbeiten. Juan erläutert: "Du mußt alle Zweige entfernen, sonst treibt der Baum in die falsche Richtung." So bleiben nur zwei kahle Stämme von rund 1,50 Meter Höhe stehen. Juan glättet die obere Schnittfläche mit seinem Messer, ich mache es ihm mit meinem Finnendolch nach. Danach suchen wir uns unterhalb der Schnittfläche ein möglichst glattes Rindenstück (Es sollte möglichst auf der Westseite liegen, damit der Wind später den Zweig an den Baum preßt.) und machen einen Schnitt, der vom oberen Ende des abgeschnittenen Stammes etwa 25 Zentimeter glatt nach unten führt. Dieser Schnitt führt durch die Rinde bis auf das Stammholz. Dann lösen wir mit Hilfe des Schraubenziehers die Rinde links und rechts vom Schnitt in der Weise, daß man das Edelreis darunter schieben kann.

Jetzt zieht Juan eines der Reiser aus dem Topf mit dem feuchten Lehm – sein Topf besteht aus einer abgeschnittenen Plastik-Milchflasche, die nicht rosten kann – und bereitet es vor. Er sucht sich ein "Auge", etwa acht Zentimeter unterhalb des oberen Endes und schneidet unter diesem "Auge" leicht in den Zweig. Von dieser Stelle führt er dann einen langen Schnitt schräg nach unten. So verliert der Zweig bis zum unteren Ende zwei Drittel seiner Stärke. Dann glättet er die schräge Schnittfläche mit weiteren kleinen Schnitten und netzt sie mit Speichel, ehe er das Edelreis mit der dünnen Seite voran, von oben nach unten, unter die gelöste Rinde schiebt.

Die glatte Schnittfläche liegt jetzt an das Stammholz an, das "Auge" sitzt dicht über der Oberkante des Stammes. Die aufgeschnittene Rinde klafft dort, wo das Edelreis steckt, etwa fünf Millimeter auseinander. Diesen Spalt verschmiert Juan jetzt mit feuchtem Lehm aus seinem Topf, dann dichtet er auch die obere Schnittfläche des Stammes mit Lehm ab. Danach faltet er aus dem Doppelblatt einer Illustrierten ein Format von etwa DIN A 4 (Das sind vier Lagen Papier.) und legt es so um das obere Ende des Stammes, daß das Papier etwa 3 mm oben übersteht. Schließlich umwickelt er den mit Papier bandagierten Stamm dicht unter der Oberkante beginnend mit fester Schnur. Dabei wird das Schnurende einfach von der ersten Windung festgeklemmt. Die Schnur wird dabei möglichst fest angezogen, damit das Edelreis unter der aufgeschnittenen Rinde fest an den Stamm gepreßt wird. Als das erste Stück Schnur zuende ist, wickelt Juan einfach mit einer neuen Schnur weiter und klemmt das Ende der alten sowie den Anfang der neuen Schnur wieder unter die erste Windung. In ähnlicher Weise wird auch das letzte Ende festgeklemmt. Die mit Papier und Schnur bandagierte Stelle ist etwa 20 Zentimeter hoch.

"Falls es nicht regnet, muß man den Baum wässern!" – Ich habe alle Arbeiten, die Juan an seinem Baum vorgeführt hat, daneben an meinem Baum nachvollzogen. Juan hat mich dabei mit Ratschlägen unterstützt. Jetzt geht es ihm durch den Kopf: "Seltsam, ein Aleman, der auf Mallorca Ölbäume veredelt!" – "Nun, ich bin ja inzwischen schon ein halber Mallorkiner, der ständig auf der Insel lebt."

Am nächsten Tag habe ich dann gleich den wilden Ölbaum veredelt, der unterhalb meiner Terrasse steht. Ohne seine Krone wirkt der Stamm recht kahl. Hoffentlich schlägt das Edelreis auch aus – ich werde dem Baum gleich noch einmal zwei Eimer Wasser geben. –

## *A B A C O*

"ABACO, was ist das eigentlich, ein Restaurant, eine Disco oder eine Bar?" fragen die Mallorca-Besucher, die wir für würdig befinden, in Marcels Stadtpalais aus dem 17. Jahrhundert, in Palmas Altstadt mitgenommen zu werden. "Nun gewiß ist es weder Restaurant noch Disco, aber auch nicht das, was du dir unter einer Bar vorstellst. Komm einfach mit und laß dich überraschen. Geöffnet ist das ABACO ab 21 Uhr, am lebendigsten wird es gegen Mitternacht. Wir sollten vorher gegessen haben – vielleicht in dem Aussichtsrestaurant Na Burguesa auf dem Hang über Génova. Von dort hat man einen herrlichen Blick über die ganze Palma-Bucht bis zur Südspitze der Insel." Allein wegen Küche und Service braucht man nicht dort hinaufzufahren, aber es ist schön, dort nahe am Fenster zu sitzen, die blaue Stunde zu erleben und dabei an einem gegrillten Kaninchenschenkel zu knuspern.

Die Nacht wirft ihren dunklen Mantel über Hafen, Stadt und Berge. Auf den Schiffen, an der Landepiste des Flughafens und in den Häusern beginnen die Lichter zu blinken, und die Autofahrer schalten das Nahlicht an. Das Schloß Belver, auf seinem dunklen Hügel, die Kathedrale und der Almudaina-Palast werden illuminiert. Das alles sieht von hier oben gar prächtig aus. – Alle Tischgenossen können sich jetzt den roten Tischwein schmekken lassen, nur der Fahrer sollte Nüchternheit bewahren für die Hinunterfahrt über die steilen, dunklen Serpentinen, deren Rand von keinen Leitplanken gesichert wird! –

Wer das ABACO besuchen möchte, parkt am besten unten am Meer auf der Contramuelle. Die Parkplätze sind dort abends leer, und man muß nur noch den mit vier Reihen hoher Palmen prunkenden Paseo de Sagrera überqueren, um zu dem feingegliederten, gotischen Gebäude der alten Warenbörse zu gelangen. Rechts der Lonja liegt die Plaza de la Lonja, gleichfalls mit hohen Palmen geschmückt. Man muß sie überqueren und sich durch die parkenden Autos zwängen, ehe man in die Calle San Juan eindringen kann. Es ist eine enge, finstere Gasse mit kleinen Läden und bescheidenen Bars. Jedoch nach knapp hundert Metern überrascht auf der rechten Seite die hell angestrahlte Fassade des alten Palastes. Matten-Jalousien hängen zu dekorativen Balkongittern herunter, und neben dem großen Eingangstor prangt in hohen Messinglettern der Name "ABACO", den auch der Blick ins Lexikon mit keinem rechten Sinn verbindet, selbst wenn man die sechs Bedeutungsmöglichkeiten für Abakus in die Überlegungen einbezieht.

Die Höhe des Eingangstores ist so bemessen, daß es einst stolzen Reitern die Passage ermöglicht hat, ohne daß die Caballeros den Kopf einziehen mußten. Für die Besucher des ABACO genügt heute ein kleines Pförtchen, das in das große Holztor geschnitten wurde. Wer es durchschreitet, betritt nicht den erwarteten Vorhof des Palastes sondern ein Bühnenbild, das darin aufgebaut worden ist. Er befindet sich sofort in einer Traumwelt, die nur vom Schein riesiger Kerzen gedämpft erleuchtet wird. Aus versteckten Lautsprechern ertönt Musik, die die Phantasie etwa so anregt, wie eine Gewürzprise den Geschmack. Vielleicht hören Sie Chöre aus Carl Orffs "Carmina Burana", vielleicht Ausschnitte aus einer Wagner-Oper oder Bizet oder Bach – vielleicht auch Gregorianische Gesänge.

Das Auge wird zunächst von einer Abundancia von Früchten gefesselt, die da von links aus einem Korb auf den Boden gerollt zu sein scheinen. Ich habe das spanisch-arabische Wort Abundancia gewählt, weil es so gut zum ABACO paßt, viel besser als die deutschen Begriffe "üppige Fülle, Überfluß oder reichlich vorhanden". Alle Räume sind hier mit einer Abundancia wunderschöner, kunstvoll zusammengestellter Blumensträuße von riesiger oder mittlerer Größe geschmückt und eine Abundancia von großen Kerzen flackert im Patio unter nächtlichem Himmel.

Vielleicht ist Abundancia, die barocke Pracht, genau das, was unsere an rationale Zweckmäßigkeit gewöhnten Augen hier so reizt? – Alle Früchte, die dort auf dem Boden so dekoriert sind, als wären sie von einem glücklichen Zufall plaziert, Artischocken, Melonen, Ananas, Orangen, Birnen und gelbe Kürbisse sind echt. Man könnte die Äpfel vom Boden aufheben und hineinbeißen. Überhaupt: Die ganze Abundancia ist echt, die Blumen, die Gemälde und die Möbel verschiedener Stilrichtungen. Ich habe einmal erlebt, daß der Boden mit echten Rosenblättern bestreut gewesen ist.

Das alles wird offenbar täglich neu, liebevoll dekoriert. Kostenüberlegungen scheinen dabei keinen Raum zu finden. Alles in Abundancia! Welke Blumen gibt es nur an

einer einzigen Stelle, dort wo sie auf dem Kachelboden zusammengekehrt so arrangiert sind, daß sie einen Akzent setzen zu den wunderbar frischen Gladiolen, die in einer barocken Vase darüber stehen.

Sobald man beim Eintreten die Musik und die Kerzen wahrnimmt, glaubt man Weihrauch in der Nase zu spüren, wie in einer Kirche. Aber das stimmt nur selten. Der schwere, intensive Duft, der den Raum erfüllt, geht von großen, weißen Dolden aus, die in einer großen Empirevase prangen, links der breiten Treppe, die in die oberen Stockwerke führt.

Im unteren Hauptraum befindet sich eine große Bartheke, an der man rundum sitzen kann, aber auch ein Kamin, an dessen flackerndem Feuer an kalten Wintertagen die besten Plätze sind. Weitere Sitzgruppen erheben sich auf Emporen oder verstecken sich hinter Säulen, Bronze-, Gips- und Tonstatuen oder großen Pflanzenkübeln. In Eingangsnähe hängen zwei surrealistische Bilder. Auf einem Gemälde im Riesenformat hebt sich ein Obelisk soweit vom Boden ab, daß es einen Schatten wirft. Überhaupt hat das ABACO etwas Surrealistisches, wenn man Surrealismus als eine Erscheinung begreift, die verschiedene Realitäten so mit einander kombiniert, daß ein Funke überspringt.

Ich kenne jene uralte Töpferei in der Calle Alfareria, bei deren Besuch man stets das Gefühl hat, das Heute zu verlassen und in frühere Jahrhunderte einzutreten. Die Renaissance-Büsten, die hier den Raum schmücken, sind gewiß mit Hilfe jener Formen gefertigt worden, die ich dort gesehen habe. Die ganze Art, wie hier Plüsch, Trödel, Antiquitäten und alte Gemälde in kostbaren Rahmen mit frischen Blumen und brennenden Kerzen kombiniert worden sind, ist sehr gekonnt. Einer, der es wissen muß, sprach einmal von "typischem Tuntenstil" – aber er hat es nicht böse gemeint und war offensichtlich fasziniert. So etwas hatte der Tänzer bei seinen langen Aufenthalten in zahlreichen Ländern noch nie gesehen.

Die oberen Räume sind eine Art Museum. Dort sitzt man nicht, sondern geht nur schauend umher, zuerst durch die große, antike Küche mit den vielen handgefertigten Schüsseln und Geräten. Man wird hingerissen von dem wunderschönen Rosenstrauß, der im Spülstein steckt und könnte hineinbeißen in die prallen, roten Tomaten, die neben makellosen, grünen Paprikaschoten und braunvioletten Auberginen auf dem Küchentisch liegen. Von einem schmalen Balkon kann man auf den kerzenbeleuchteten Innenhof hinabschauen, in dem vielleicht soeben eine dänische Reisegruppe Platz nimmt, mit vielen Strohhüten auf den rundlichen Mädchenköpfen. Zwei Salons lassen den dekorativen Lebensstil der früheren Palastbewohner ahnen, – oder ist das alles nur ein Werk des genialen Dekorateurs Salvador Palao? –

Der Raum, auf den die Treppe zuführt, ist heute verschlossen. Wenn ich mich recht erinnere, war es in einer Karwoche, als ich ihn einmal offen gefunden habe. Da stand mitten im Raum ein Katafalk, auf dem eine Heiligenfigur, vielleicht eine Madonna, aufgebahrt war im milden Licht riesiger Kerzen. Das alles ruft eine Mischung ungewohnter, auch widersprüchlicher Gefühle hervor. Es ist eine eigenwillige Art, visuelle Kunst darzubieten – fast ein "Happening". Mir wurde auch von Rosenblättern berichtet, die im Hauptraum von der Decke gerieselt seien und von frisch gebadeten Schafen und Ziegen, die um Mitternacht durch die Räume gewandert sind. Selbst habe ich sie noch nicht gesehen.

Jetzt muß ich noch den Innenhof beschreiben, in dem Springbrunnen plätschern und aus Volieren und kleinen Gehegen Sittiche, Tauben, Hühner, weiße aber auch graue Kaninchen sowie eine Gans und eine chinesische Ente dem nächtlichen Treiben zuschauen. Auch hier gibt es eine Abundancia von brennenden Kerzen und frischen Blumen. Das alles erfordert täglich neu den Willen zu dekorativer Perfektion sowie einen ständigen Aufwand, der dem ABACO jenen eigenartigen Reiz verleiht, der zum Schauen und Staunen anregt. – Freilich kosten hier die Getränke mehr als in der Bar an der Bushaltestelle, aber wenn man die ganze Abundancia visueller Genüsse dazurechnet, sind die Preise keinesfalls übertrieben! –

Unter den Gästen sind gewiß viele Touristen, die das ABACO nur ein einziges Mal betreten und später ihren Freunden in Sao Paulo, Seattle oder Mannheim von diesem ungewöhnlichen Lokal berichten, beautiful people und normale Bürger. Gewiß gibt es auch Palmeser und Residenten, die dann und wann ins ABACO gehen, um sich von der eigenartigen Ambiente verzaubern zu lassen oder um Besuchern der Insel zu zeigen, was es hier so alles gibt. Einige erzählen seltsame Geschichten über die Entstehung des ABACO oder behaupten, daß es im Guys-Guide stehe und einen doppelten Boden habe. – Mag sein, ich habe davon nichts bemerkt. Andererseits erinnere ich mich daran, daß ich dort einmal nach dem Zahlen meine Brieftasche auf dem Tisch vergessen hatte, aber noch ehe ich die Ausgangstür erreichen konnte, hat mich der Kellner mit der goldenen Schärpe eingeholt und mir meine Brieftasche nachgebracht. – In diesem Lokal ist einfach nichts aus Kunststoff! –

# *Mallorca und die Piraterie*

Auf dem Bergrücken, der unsere Bucht abschließt, steht ein alter Wachtturm. Er wurde 1580 in Auftrag des Marquès de la Romana errichtet, um einen älteren Turm zu ersetzen. Auch auf der im Süden der Bucht vorgelagerten Malgrats-Insel soll noch das Fundament eines Wachtturmes zu sehen sein. Und wenn ich hinüber nach Santa Ponça schaue, sehe ich den alten Verteidigungsturm des Castells, der einst mit seinen Kanonen die Bucht beherrscht hat, noch immer hinter einem voluminösen Hotelneubau hervorschauen. – Wie können die Mallorkiner so mit ihren Geschichts-Monumenten umgehen?! –

Der Erzherzog Ludwig Salvator von Habsburg-Lothringen und Bourbon hat das Buch "Auslug und Wachttürme Mallorcas" geschrieben, ein umfangreiches Werk, welches selbst in spanischer Übersetzung kaum noch käuflich ist. Es berichtet von 1 400 Atalayas, die es zur Blütezeit der Piraterie auf Mallorca gegeben habe und enthält weit mehr Details als die meisten Menschen wissen möchten. Viele können ohnehin kaum die Wachttürme über dem Meer von den Mühlentürmen unterscheiden, die meist auf Hügeln über den Dörfern stehen – oft reihenweise. Seit sie ihrer Flügel beraubt sind, ähnelt ihre äußere Erscheinung den Wachttürmen. Wer genau hinschaut, sieht jedoch, daß man die nicht einrammen konnte. Der Einstieg liegt meist vier Meter über der Erde. – Die Wächter konnten die Leiter einziehen. Oben ist dann eine Plattform, meist mit einem Schutzhäuschen für die Wachposten und Raum für ein oder zwei Geschütze.

Wir bemerken auch, daß auf der Insel alle alten Städte fern der Küste, im Landesinneren liegen, dort wo sie vor Überraschungsangriffen der Seeräuber sicher gewesen sind: Sóller liegt drei Kilometer von seinem Hafen entfernt, Andratx sogar viereinhalb Kilometer von Port d'Andratx. Eine am Meer liegende Stadt, wie Palma oder Alcudia mußte sich mit gewaltigen Stadtmauern schützen und diese Mauern immer wieder erhöhen. In kleineren Orten nahe der Küste gab es Verteidigungstürme, in welche sich die Bevölkerung flüchten konnte.

Die Furcht vor Angriffen von Feinden und Piraten hat Mallorca mehr als zweitausend Jahre beherrscht und die Küste veröden lassen. Wer das Wesen dieser Insel verstehen will, sollte sich auch ein wenig mit den Piratenangriffen von und auf Mallorca beschäftigen – überall treffen wir noch auf die Spuren dieses Traumas.

Die Seeräuberei ist gewiß so alt wie die Seefahrt selbst. Alle Seeleute mußten in früheren Zeiten bewaffnet sein, um sich verteidigen zu können, aber wenn dann ein Schiff mit bewaffneter Besatzung überraschend bei einer friedlichen Ortschaft landete, hatten die Seeleute auf jeden Fall die Macht, bis die Bewohner ihre Verteidigung organisieren konnten. Die Versuchung, diese Macht zu mißbrauchen, die Überraschten zu versklaven, zu berauben oder zu notzüchtigen war gewiß groß, solange keine anderen Ziele, etwa der Ausbau von Handelsverbindungen oder die Furcht vor Vergeltung, dagegen gesprochen haben.

Genau so groß war dann die Versuchung für schnelle, bewaffnete Schiffe, sich der schwerfälligen Fracht- und Handelsschiffe zu bemächtigen. An den mitten im westlichen Mittelmeer gelegenen Balearen führten einige römische Schiffahrtswege vorbei, besonders die Routen von Rom zu seiner Provinz HISPANIA CITERIOR. Das haben die ohnehin eher den Puniern verbundenen Einwohner zu ausgiebiger Seeräuberei genutzt. Daraufhin sah sich der römische Senat veranlaßt, 123 v. Ch. den Feldherren Quintus Caecilius Metellus, welcher später den Beinamen "Balearicus" erhalten hat, mit der Eroberung des Archipels zu beauftragen. In der Folge wurde Mallorca von den Römern besiedelt und römische Kriegsschiffe sorgten für ein paar Jahrhunderte dafür, daß die Seeräuberei überall dort zerschlagen wurde, wo sie den römischen Handel bedroht hat.

Nun ist es gewiß von Anfang an so gewesen, daß die Seeräuberei ihr brutales Piratengesicht gern hinter verschiedenen Masken verborgen hat. Während der Kriege, die mit kurzen Unterbrechungen während der nächsten Jahrtausende andauerten, brauchten sich die Seeräuber nur unter den Schutz einer kriegführenden Partei zu stellen, um nicht mehr als Pirat sondern als Kriegsteilnehmer zu gelten. Der jeweils Schutz gewährende Herrscher erhielt, mit oder ohne Kaperbrief, einen bestimmten Anteil an der Beute und gestattete dafür die Benutzung seiner Häfen, die von seinen Truppen und Kriegsschiffen verteidigt wurden. – Wie bei den Eroberungen auf dem Land, hat man auch gern religiöse Motive in den Vordergrund gestellt. Kreuz und Halbmond haben sich mit ihren jeweiligen Gläubigen oder Ungläubigen mehr als tausend Jahre mit unversöhnlichem Haß gegenübergestanden. Selbst in unseren Tagen erleben wir, welcher Zündstoff von islamischen Fundamentalisten zur Explosion gebracht werden kann.

Überall in Europa haben wir erfahren, wie grausam verschiedene christliche Richtungen mit ihren Andersdenkenden umgegangen sind. So wurde selbst die brutale Eroberung der Vandalen (426) noch als Aktion arianischer Christen gegen die inzwischen katholischen ("falschgläubigen") Einwohner der Balearen bemäntelt. In der Folge ist dann die byzantinische Herrschaft (ab 534) wieder als Befreiung begrüßt worden.

Zur ersten maurischen Plünderung der Balearen ist es 707 gekommen. Der Omoijade Abdulla Ben Musa machte große Beute und nahm viele Sklaven mit. Im Gegenzug jagten Mallorkiner Korsaren arabische Schiffe und das hatte wiederum arabische Strafexpeditionen zur Folge. Ab 798 mußten die Bewohner der Balearen dem Kalifat von Cordoba Tribut zahlen. Sie suchten bei Karl dem Großen Schutz und sollen versucht haben, ihn mit leckerem Jamon Serrano (luftgetrocknetem Schweineschinken) zur Verteidigung der Insel zu bewegen.

Tatsächlich hat 799 ein fränkisches Geschwader Piratenangriffe der Sarazenen verhindert und 813 vernichtete der fränkische Admiral Armengol de Ampurias in den Gewässern von Mallorca eine maurische Flotte, die sich nach der Plünderung Korsikas auf dem Heimweg befunden hat. Diese Daten fehlen in unseren Schulbüchern, sie verdeutlichen aber die Unvollkommenheit unseres Geschichtsbildes, das der Bedeutung des Frankenreiches und der Bedeutung des von Karl dem Großen installierten abendländischen Kaisertums kaum gerecht wird.

Die arabischen Eroberer hatten 711 Spanien erreicht und in wenigen Jahren den größten Teil erobert. Fortan ging also die schlimmste Bedrohung der noch christlichen Balearen vom spanischen Festland aus. Es wird berichtet, daß Abd-el-Raman II. (822 – 852), Emir von Al-Andalus, im Jahre 848 eine Strafexpedition auf die Balearen geschickt hat, weil deren Einwohner – entgegen getroffener Vereinbarungen – Piratenüberfälle gegen seine Handelsflotte gerichtet hatten. Jedoch, als 902, also fast 200 Jahre nach der Eroberung Spaniens durch die Mauren, die Inseln vom General Jaulaní des Emirs Abdallah erobert wurden, bedeutet das keinesfalls das Ende der von den Balearen ausgehenden Seeräuberei. Nur die Flagge wurde gewechselt und was zuvor unter dem Zeichen des Kreuzes geschehen war, geschah nun unter dem Halbmond.

Im 10. Jahrhundert waren die omaijadisch-mallorkinischen Piraten-Walis Al-Mowafak, Cautsir und Mucatil im ganzen westlichen Mittelmeer gefürchtet. Sie plünderten besonders die katalanischen und französischen Küsten. Cautsirs Truppen beteiligten sich 986 gemeinsam mit den Mauren von Tortosa und Lerida an der Einnahme und Plünderung Barcelonas. Sie kehrten mit vielen Gefangenen, darunter seltsamerweise vielen Nonnen, nach Mallorca zurück. – Auch hier liegen die Grenzen zwischen kriegerischer Eroberung und Seeräuberei nicht deutlich offen.

Unverschleierte Raubüberfälle waren dagegen die Plünderungen von Ibiza, Formentera und Menorca durch eine Wikingerflotte unter dem Befehl Sigurds I., eines Sohnes von König Magnus III. von Norwegen, im Jahre 1108. Nach diesem kurzen Zwischenspiel jedoch, ist die maurische Piraterie wieder hauptsächlich von den Balearen ausgegangen. Sie störte vor allem den Handel der aufblühenden italienischen Stadtstaaten. Deshalb startete 1114 mit Billigung des Papstes Paul II. eine Strafexpedition.

Eine Flotte von 300 Schiffen lief von Pisa aus, 500 weitere Schiffe von Barcelona, Ampurias, Montpellier und Navona gesellten sich dazu. Das war eine gewaltige Streitmacht, der es schnell gelungen ist, Ibiza und Mallorca zu besetzen. 30 000 christliche Gefangene wurden befreit und eine ungeheure Beute gemacht. Aber noch ehe eine almoravidische Flotte den maurischen Verteidigern zur Hilfe eilen konnte, hatten die Pisaner Mallorca wieder verlassen. 1115 haben sie die Insel für weitere 114 Jahre den Mauren überlassen.

Die mehr als 300 Jahre arabischer Herrschaft auf den Balearen haben der Kultur, besonders der Landwirtschaft, großen Nutzen gebracht. Neue Nutzpflanzen und Bewässerungssysteme wurden eingeführt. Während langer Epochen wurden die Christen zwar zusätzlich besteuert, aber nicht wegen ihres Glaubens verfolgt. – Ohnehin anerkennt ja der Islam Jesus Christus als wichtigen Propheten, wenn auch nicht als Sohn Gottes. Jedoch, entgegen vielen Darstellungen, war auch die maurische Herrschaft auf den Balearen keine friedlich-idyllische Epoche.

Nach der Eroberung der Insel durch das Emirat von Cordoba (902) wurden die Balearen 1015 durch Mocheid (auch Muyahid Ibn Yusuf Ibn Ali) annektiert, der sich zum König von Denia gemacht hatte und mit seiner Flotte das Mittelmeer beherrschte. Er soll bei seinen zahllosen Unternehmungen und Piratenüberfällen stets von einem unwandelbaren Glück begünstigt gewesen sein.

Nach kurzer Selbständigkeit (27 Jahre) und der Eroberung durch Pisa, wurden die Inseln 1116 von den Almoraviden besetzt, Berbern, die erst kurz zuvor zum Islam konvertiert waren. Während der Almoraviden-Herrschaft ist sogar ein Teil Nordafrikas, Ifrikya, (Tunesien und Gebiete des heutigen Libyen) von Mallorca erobert und regiert worden. Piratenakte wurden damals gegen alle Staaten gerichtet, mit denen die Almoraviden keine Friedensverträge geschlossen hatten.

1203 wurden die Balearen erneut erobert, diesmal von den fanatischen Almohaden, denen auch die Christen und unabhängigen Walis keinen Widerstand entgegensetzen konnten. Der Admiral Abdallah wurde zum Gouverneur ernannt, aber später abgesetzt. Auch unter den Almohaden dauerte die Piraterie an und die von Mallorca ausgehende Bedrohung der christlichen Schiffahrt wird als eines der Motive angeführt, die den dreiundzwanzigjährigen König Jakob I. (Jaume I., Jaime I.) von Aragonien 1229 zur Einnahme Mallorcas veranlaßt haben. Sehr stark jedoch scheint die Flotte des Abu Yahia nicht gewesen zu sein, denn ich habe nirgendwo gelesen, daß sie die Schiffe der Eroberer angegriffen oder sonstwie in das Kampfgeschehen eingegriffen hätte.

Schlägt man im CRONICON MAYORICENSE nach, so findet man unter dem Stichwort „Piratas" 53 Eintragungen für die Zeit zwischen 1392 und 1778, aber diese Liste kann nicht vollständig sein. Schon König Sancho von Mallorca sah sich gezwungen eine Flotte gegen die maurischen Piraten auszurüsten und wir wissen aus anderen Quellen, daß die Bedrohung der christlichen Mittelmeerküsten durch Piraten aus den Berbereskenstaaten erst wirklich zu Ende war, als 1830 die Franzosen Algier besetzten.

Laut CRONICON MAYORICENSE war Andratx die am häufigsten heimgesuchte Region der Insel. Die Insel Dragonera scheint im 16. Jahrhundert geradezu ein Stützpunkt der maurischen Piraten gewesen zu sein. Im 15. und 16. Jahrhundert gehörte der größte Teil der nordafrikanischen Küste zu dem erstarkten osmanischen Reich und die zeitweilig von dem Piratenfürsten Chaireddin Barbarroja, auch Kaid Ben Eddin Barbarroja (1467 – 1546), kommandierte türkische Flotte war der des Kaisers Karl V. (König Carlos I. von Spanien) so überlegen, daß sie 1538 im Golf von Arta die kaiserliche Flotte unter Andrea Doria schlagen konnte.

Das bedeutete „Schlechte Zeiten" für Mallorca, denn die Überfälle wurden eine ständige Bedrohung, die zum Ausbau des Warnsystems der Talaias (Wachttürme) an allen wichtigen Punkten der Insel führte, aber auch zu Verteidigungs- und Fluchttürmen in allen Ortschaften und Gehöften in Meeresnähe. Alle kampffähigen Männer wurden bewaffnet und ausgebildet. Sie mußten sich zum Einsatz unter der Leitung lokaler Kommandanten bereit halten.

Es gehörte zur bevorzugten Taktik der maurischen oder türkischen Piraten, im Schutz der Dunkelheit an der Küste zu landen und zunächst die Posten der Warntürme außer Gefecht zu setzen. Die Talaias hatten Sichtkontakt und konnten sich tagsüber mit Rauchzeichen und nachts mit Hilfe von Feuerzeichen verständigen. Die Kommandozentrale war im Almudainapalast, die Botschaft wurde auf dem damals viel höheren Torre del Angel empfangen. Von dort aus wurden die Abwehrtruppen in Bewegung gesetzt.

Der schlimmste Pirat des 16. Jahrhunderts

Dabei sollten wir uns vor Augen halten, daß es damals auf Mallorca viele maurische Sklaven gegeben hat und daß jene Mauren, die vor dem Druck der Christianisierung und Inquisition aus Südspanien nach Nordafrika geflüchtet waren, dort kaum Existenzmöglichkeiten vorfanden und so zur Seeräuberei getrieben wurden. Sie beherrschten die spanische Sprache und kannten die Küsten, die sie überfallen sollten oft recht gut. Viele maurische Piratenkapitäne betrachteten es als Ehrensache, islamische Flüchtlinge aus Südspanien nach Nordafrika überzusetzen. Aus ihnen konnten sie im Bedarfsfall leicht neue Besatzungsmitglieder rekrutieren.

Damals wurde in den Kirchen Geld für das Freikaufen von Christensklaven gesammelt und reiche Emire stifteten andererseits große Summen zum Freikaufen islamischer Sklaven in christlichen Ländern. Überhaupt waren die meisten Piratenunternehmen in erster Linie Sklavenjagden, mit dem Ziel Lösegeld oder Arbeitskräfte zu erlangen. Kostbare Güter konnte man bei der armen Landbevölkerung Mallorcas in diesen Zeiten nicht erwarten. Besonderen Wert hatten bei den Männern Adelspersonen, die ein hohes Lösegeld erwarten ließen oder gute Handwerker, für die sich ein hoher Preis erzielen ließ. Der Rest wurde als Galeerensklaven oder in der Landwirtschaft eingesetzt. Bei den Frauen dürfte es in ähnlicher Weise die Kategorie „Adelsperson", „haremgeeignet", „küchengeeignet" und „zur Landwirtschaft tauglich" gegeben haben. Alte Frauen, die man mehr aus Versehen gefangen genommen hatte, wurden auch gelegentlich wieder an der Küste ausgesetzt. Kinder wurden zum Islam bekehrt – um ihre Seelen zu retten.

Das Buch „HISTORIA DE ANDRAIG" von D. Juan Bta. Ensenyat y Pujol, dem Gemeindepfarrer von S'Arracó berichtet über zahllose Überfälle und darüber, daß die Schiffe des Chaireddin Barbarroja und seines Nachfahren Dragut sich häufig im Hafen von Andratx oder im Windschatten der Insel Dragonera aufgehalten haben, um von dort zu Überraschungsangriffen auf die spanischen Küsten vorzustoßen: „1542 landeten die Mauren unter Arraez Sala in Andratx, Banyalbufar und Sóller, machten in allen Städten Gefangene, rechneten den Preis für die Freigabe aus und warteten in aller Ruhe mit ihrer Flotte die Übergabe des Lösegeldes bei der Insel Dragonera ab. Sie blieben länger als einen Monat, ohne daß ein christliches Schiff sie vertrieben hätte."

Um diesen Überfällen nicht länger wehrlos ausgesetzt zu sein, stellte der Capitàn de Armas (Hauptmann, Kommandant) von Andratx, D. Jorge Fortuny, aus den wehrfähigen Einwohnern der Regionen Andratx und Calvia eine Truppe von 14 Reitern und 138 Fußkämpfern zusammen und bildete sie aus. Diese Truppe konnte bereits 1547 durch ihr bloßes Erscheinen an der Küste von Sant Telm eine Landung maurischer Seeräuber verhindern. 1553 hat sie sogar einen Abwehr-Sieg errungen. Der „HISTORIA DE ANDRAIG" verdanken wir die folgenden Angaben:

„Nach dem Tode des berüchtigten Seeräuber-Fürsten Kaid-Eddin-Barbarroja, im Jahre 1545, machte der türkische Sultan dessen Sohn Hassan Barbarroja zum Emir von Algier und ernannte den Seeräuber Dragut zum Oberkommandierenden der türkisch-marokkanischen Flotte im Mittelmeer. Die bestand zur damaligen Zeit aus 26 Kriegsgaleeren und kleineren Begleitschiffen. Dragut, der bereits mit Kaid-Eddin-Barbarroja viele Schlachten geschlagen hatte, war wegen seiner Tollkühnheit und seiner Kriegskunst gefürchtet. Er kannte auch die spanischen Gewässer und Küsten so gut, daß die Ortschaften in Küstennähe erst nach seinem Tode auf eine Besserung hoffen konnten. In kurzer Zeit wurde der Name Gurgurtais, wie Dragut genannt wurde, so bekannt und berüchtigt, wie der seines verstorbenen Oberkommandierenden Kaid-Eddin."

Dieser hatte sich häufig in den Häfen von Andratx, Sant Telm und im Schutz der Insel Dragonera aufgehalten, um sie als Zufluchtsort oder Ausgangspunkt von Überfällen anderer Küsten zu nutzen. (Wir wissen, daß Kaid-Eddin in Menorca einen Teil seiner Beute gegen Lebensmittel einzutauschen pflegte und deshalb die Bewohner schonte, bis sie ihm eine Falle stellen wollten. Danach hat er Menorca grausam geplündert und 1536, also ein Jahr nachdem ihn Karl V. aus Tunis vertrieben hatte, 4900 Gefangene nach Algier geschleppt.)

Wegen der Bedrohung durch die Seeräuber hatten 1550 die Mallorquiner Behörden beim Erzbischhof von Barcelona, zu dessen Herrschaftsbereich die Südwestregion Mallorcas damals gehörte, die Erlaubnis zum Bau eines Verteidigungsturmes auf der Spitze des höchsten Gipfels der Dragonera-Insel Na Popi beantragt. Der Bischhof stimmte nicht nur zu sondern stiftete auch als Kostenbeitrag den Erlös aus dem Verkauf der Fracht eines an der Dragonera gestrandeten Schiffes. Das Strandrecht gehörte damals den Kirchenherren.

Pollença war der erste Küstenort, welcher eine Heimsuchung durch die schrecklichen Korsaren erleiden mußte. Sie tauchten plötzlich in der Morgendämmerung des Dreifaltigkeits-Sonntags 1550 auf. Die Einwohner jedoch wehrten sich heldenhaft und schlugen den Feind trotz gewaltiger Verluste in die Flucht. Sie töteten 50 Mauren und verfolgten die anderen, bis sie gezwungen waren, auf ihre Schiffe zu flüchten.

Als die Piraten 1551 Alcudia angriffen, verteidigten sich auch dort die meisten Einwohner mit Bravour. Doch schließlich ging ihnen die Munition aus und alle Kampfteilnehmer wurden gefangen genommen und verschleppt. Noch schlimmer ging es den Einwohnern von Valldemossa am 1. Oktober 1552 – zunächst. Viele wurden überrascht und ohne Gegenwehr gefangen genommen. Jedoch der Hauptmann Raimundo Gual des Mur hatte einen Hinterhalt vorbereitet. Als dann die Seeräuber – die heutige Straße gab es noch nicht – zum jetzigen Port de Valldemossa absteigen wollten, um ihre

Beute zu verladen, fiel er mit seinen Männern über sie her und nahm ihnen die Fahne ab. 72 Mauren wurden getötet und viele Gefangene erhielten ihre kurz zuvor verlorene Freiheit zurück.

Im folgenden Jahr war Andratx an der Reihe, einen dieser unangenehmen Besuche zu erhalten. Über die großartige Verteidigung können wir im CRONICON MAYORICENSE nachlesen:

„In der Nacht des 10. August, am Tag des heiligen Lorenzo, sind bei Sant Telm mehr als tausend Türken mit 24 Schiffen, Galeeren und Galeotas, gelandet. Der Baja oder Admiral dieses Geschwaders nannte sich Delimar. Sofort nach der Landung schwärmten die Türken im Bereich der Palomera aus und machten sich geäuschlos auf den Weg nach Andratx, um die Bewohner zu überraschen. (Es wird nicht berichtet, ob die Wachen auf den Atalayas geschlafen haben oder ausgeschaltet worden sind).

Sie wurden jedoch 3000 Schritte vor der Stadt entdeckt. Dort stießen sie auf drei Wachtposten, zwei zu Fuß und einen zu Pferd und riefen sie an: „Hunde, wo wollt Ihr hin und was sucht Ihr hier?" Als die Wachtposten das hörten, gaben sie Fersengeld und eilten schnell davon, um die Einwohner von Andratx vor den Türken zu warnen und ihnen zu sagen, daß die schon sehr nahe seien.

Als die Türken gewahr wurden, daß sie entdeckt waren, teilten sie sich in zwei Kolonnen und marschierten in großer Eile auf die Stadt zu. Dabei liefen sie an einigen Gehöften vorbei ohne Schaden anzurichten – wahrscheinlich, um nicht noch mehr Tumult zu verursachen. Beide Kolonnen vereinten sich dann wieder beim „Serral de la Coma del Gos", 1500 Schritte von der Stadt entfernt.

Dort warteten sie das Tageslicht ab, denn von dort konnten sie die Stadt, ihre Straßen und die Einwohner, die sie haben wollten, sehr gut überblicken. In der Morgendämmerung, noch vor Sonnenaufgang, rückten die Türken bis auf 150 Schritte an die Stadt heran und machten halt. Hier ließ der Admiral einen öffentlichen Aufruf verlesen, der in mallorquinischer Sprache folgendes besagte: „An alle, die mich hören können! Auf Befehl des Königs von Algier und des Admirals der Flotte der edlen Stadt Algier Delimar, der hier anwesend ist, ergeht an alle Leute und Einwohner der Stadt Andratx die Aufforderung, ihm sofort die Schlüssel zu übergeben sowie das Castell seiner Herrschaft und Gewalt zu unterstellen. Anderenfalls wird alles zerstört und die ganze Stadt in Feuer und Asche untergehen!"

Nach der Proklamation dieses Aufrufes griffen sie mit großem Ungestüm und Geschrei an. Damals war Jorge Fortuny (aus dem edlen Hause der Fortunys de Ruesca, Eigentümer des Gutes Biniorella, dem heutigen Son Fortuny) Hauptmann von Andratx, ein edler Ritter und mutiger Mann von starkem Charakter. Sein Stellvertreter war Gabriel Alemany, beheimatet in Andratx, (Eigentümer des Gutes, das heute S'Alqueria heißt), ein tapferer Mann mit großem Unternehmungsgeist. Diese beiden, Hauptmann und Stellvertreter, kamen mit 16 Pferden und umschweiften die Stadt, während die Türken plünderten und anderes Unheil anstellten.

Keiner der Mauren konnte sich von dem großen Haufen entfernen, ohne sofort getötet oder gefangen genommen zu werden. Die für den Kampf nutzlosen Einwohner hatten sich unter dem Schutz von 25 Kriegern in den Verteidigungsturm geflüchtet und rund 40 Kämpfer zu Fuß unterstützten ihre Hauptleute mit den 17 Pferden (eins mehr als zuvor!). Die Türken konnten ungehindert in den Ort einmarschieren, denn nur vom Turm aus konnten sie beim Eindringen in den größten Teil der Häuser gestört werden. Einige tapfere Krieger töteten von dort aus mehrere Türken mit dem Feuer ihrer Musketen und verwundeten viele weitere.

Deshalb wollten sich die Türken in den Besitz des Turmes setzen, aber so oft sie es auch versuchten, sie wurden immer wieder mit Verlusten zurückgeschlagen bis sie nicht nur das Unternehmen aufgeben mußten, sondern sich auch gezwungen sahen, die Stadt zu räumen, in die nicht mehr als hundert Türken eingedrungen waren, weil ihnen die Verteidiger des Turmes so große Furcht eingeflößt hatten.

Nachdem die Türken so viel Schaden erlitten hatten und keine Hoffnung auf irgendeinen Vorteil mehr sahen, zogen sie sich zurück. Sie schlugen allesamt den Weg zum Hafen ein, wo die 24 Schiffe auf sie warteten. Dabei brannten sie einige Gehöfte ab, ohne jedoch jemand vorzufinden, den sie hätten gefangen nehmen können.

Die Türken waren alle sehr erbittert, weil ihr Unternehmen so völlig mißlungen war; da trafen sie mitten auf dem Wege auf 200 weitere Türken, die von den Schiffen im Hafen kamen, und ihnen zu Hilfe eilen wollten, um sich ihren Anteil an der Beute und an den Gefangenen zu sichern. Sie riefen den Neuankömmlingen zu: „Wo wollt Ihr hin? Wir müssen Euch sagen, daß wir bei diesen Hunden überhaupt nichts erreichen konnten, weil uns die Leute von dem Albixo (dem Verteidigungsturm) so zugesetzt haben, daß wir uns zurückziehen mußten, ohne irgendwelchen Gewinn gemacht zu haben."

Jetzt bezeichneten die Zweihundert sie als Feiglinge und prahlten: „Wir allein, ohne Waffen, würden genügen, um das Gesindel von Andratx fertig zu machen, zu besiegen und alle gefangen zu nehmen!" – „Geht hin und probiert es! Wir sagen Euch, das sind keine Menschen sondern wilde Löwen und es gibt nichts, was sie erschrecken und keine Gefahr, die sie einschüchtern könnte."

(Hier hat wohl nicht nur der heutige Leser den Verdacht, daß diese Darstellung von dem Stadtschreiber verfaßt worden ist, der selbst als „mutiger Löwe" vom sicheren Verteidigungsturm herunter geschossen hat. – Wie konnte er wohl das eben geschilderte Gespräch belauschen?)

Mit diesen Worten haben jene Türken, die sich aus Andratx zurückgezogen hatten, die Neuankömmlinge gleichfalls abgeschreckt und alle zusammen entschlossen sich, zu den Schiffen zurück zu kehren. Der Hauptmann Fortuny, mit seinen wenigen Reitern und Kämpfern zu Fuß (wohl der eigentliche Held des Tages), zögerte keinen Augenblick, sie bis zum Hafen zu verfolgen. Dabei wurde der Anführer der zweihundert Türken, die zur Verstärkung gekommen waren, getötet, obgleich die Türken den Leuten von Andratx alles mögliche für seine Freilassung angeboten hatten."

In der Folge stellte der Vizekönig von Mallorca eine Eingreiftruppe von 200 Mann zusammen, die bei der Abwehr von Piratenangriffen zu Hilfe eilen sollte. Da jedoch muß den Behörden ein Fehler unterlaufen sein. Sie haben die Landesverteidigung als soziale Maßnahme mißverstanden. Es wurden überwiegend selbständige Handwerker aus Palma, welche große Familie zu versorgen hatten, als Schutztruppler eingestellt, obgleich sie über keinerlei Kampferfahrung verfügten.

Das hatte katastrophale Folgen. Als nämlich im März 1555 wieder eine Landung der Mauren mit sieben großen Galeeren bei Andratx drohte, forderte der Hauptmann Jorge Fortuny de Ruesca beim Vizekönig die Kompanie der 200 zur Unterstützung an. Daraufhin erhielt die Kompanie den Befehl, sich in Marsch zu setzen, sich bei Jorge Fortuny zu melden und seinem Kommando zu folgen.

Als es so ernst wurde, versuchten viele der Familienväter sich zu drükken. Einige meldeten sich gleich krank und der Rest der Helden setzte sich äußerst langsam in Marsch. Als sie endlich zögernd und keinesfalls in voller Kampfstärke in Andratx angekommen waren, gönnte ihnen Jorge Fortuny nur zwei Stunden Rast, denn der Feind war nahe. Sie rückten unter Trommelwirbel bis S'Arráco vor. Dort teilte Fortuny seine Truppe in drei Gruppen. Die Mitte bildeten die zuverlässigen Kämpfer aus Andratx, links ritt die Kavallerie und rechts marschierte die Kompanie der 200 aus Palma bzw. was von ihr am Kampfort angekommen war. Nach Fortunys Plan sollte zunächst ein kleiner Teil der Kämpfer aus Andratx zum Strand vorrücken, um eine Landung der Mauren zu provozieren. Danach sollten sie sich langsam zurückziehen, um die nachrückenden Mauren in einen Hinterhalt zu locken. Dafür war das Tal der Cala Sanutges vorgesehen, das zwischen dem Puig de la Trapa und dem Puig de Ses Selles liegt.

Zur Ausführung dieses Planes hätte es jedoch einer mutigen und disziplinierten Truppe bedurft – und da hat Jorge Fortuny die Palmeser überschätzt. Einige stiegen auf die Berge, um Ausschau zu halten, andere versteckten sich. – Als dann die kampferprobten Mauren angriffen, gaben sie Fersengeld und flohen kopflos. Auch die herbeieilende Reiterei konnte ihnen nicht viel helfen. Das Pferd des mutigen Reiterhauptmanns Gregorio Santiscla wurde getötet, er selbt überwältigt und gefangen genommen.

Während die Kämpfer aus Andratx tapfer dem Angriff standhielten und weder Gefallene noch Gefangene zu beklagen hatten, wurden drei Mann von der Schutztruppe aus Palma getötet (ein Schmied, ein Schuster und ein Mützenmacher) und 28 gefangen genommen – einschließlich des Reiterhauptmanns. Der Rest der Schutztruppe rannte davon und hielt erst in Palma wieder an, um Angst und Schrecken bei den eigenen Familien und in der Nachbarschaft auszuschütten.

Als Lösegeld für die Freilassung der Gefangenen verlangte der Befehlshaber der maurischen Flotte 4.200 Escudos in Silber, eine gewaltige Summe, die schließlich aus der königlichen Kasse vorgestreckt wurde. Wegen ihres feigen und disziplinlosen Verhaltens hat man versucht, das Lösegeld von den Familien der Handwerker wieder einzutreiben. – Ob das wohl bei den armen Leuten viel eingebracht hat? –

Quellen:
– Pedro Xamena Fiol:
„Resumen de Historia de Mallorca"
– Alvaro Campaner:
„Cronicon mayoricense"
– D. Juan Bta. Ensenyat y Pujol:
„Historia de Andraig"
– Heinz Neunkirchen:
„Piraten"
– Eberhard Wiens:
„Leben der Korsaren Horuk
und Hairadin Barbarossa"

# *Weihnachtsbäumchen mit gutem Gewissen*

Als Ben Pepito mir am 2. Advent das kleine Weihnachtsbäumchen zeigte, dachte ich zunächst: Das Ding ist aus Kunststoff und kommt aus Taiwan. – Das war weit gefehlt! Wie sich beim zweiten Blick zeigte, war da alles Natur – sogar die kleinen roten Kugeln, die unter den Ästen hingen waren Früchte. Ben Pepito ist von der Philippinen-Insel Cebu nach Mallorca gekommen. Hatte er ein Bondsai-Weihnachtsbäumchen aus Südostasien mitgebracht? – Das etwa 60 cm hohe Bäumchen hatte die typische Pyramidenform einer Tanne, nur war alles kleiner, auch die Nadeln. Ben hatte es in die Spalte eines Felsens gesteckt, den der Architekt in seinem Wohnzimmer als dekorative Form belassen hatte, und dann mit Lametta geschmückt. Kerzen standen daneben, denn für das Anbringen von Kerzenhaltern waren die Zweige zu dünn.

Wie ist Ben nur zu diesem Bäumchen gekommen? – Gewiß, er war schon von Haus aus katholischer Christ, wie die Mehrzahl der Philippinos, deren Inseln ja einmal zum spanischen Weltreich gehört haben. Aber selbst in Spanien gab es in vortouristischen Zeiten keine Weihnachtsbäume. Navidad ist das Fest der Geburt des Erlösers. Da hat man Tropfsteine abgeschlagen, Krippen gebastelt und illuminiert. – Weihnachtsbäume, brennend oder im Glanz der Kerzen erstrahlend, sind dagegen Symbole der Winter-Sonnwende, des nordischen Lichtfestes, welches kluge, christliche Missionare so schön mit dem Weihnachtsfest vereint haben.

Erst als ich mir das Bäumchen ganz genau besehen hatte, ist mir klar geworden, daß auch die Bonsai-Bäumchen-Theorie nicht stimmte. Was da in der Felsspalte steckte und wie ein kleiner Weihnachtsbaum aussah, war einfach Wildspargel (Asparagus albus), der auf Mallorca

# Wildspargel
# *Asparagus albus*

in der Garrigue, aber auch an Wegrändern wächst, ähnlich wie die beiden anderen Wildspargelarten, die auf der Insel vorkommen. Alle drei Spargelarten schützen sich mit Dornen vor dem Biß der Ziegen und Schafe, aber bei dem weißstengeligen Asparagus albus, der weit mehr als die beiden anderen Arten an eine kleine Tanne erinnert, sind die Stacheln unter den nadelartigen Blättern versteckt, während der Schreckliche Wildsparel (Asparagus horridus) hauptsächlich aus dolchartigen Dornen von mehreren Zentimetern Länge besteht.

Im Frühjahr bringen alle drei Wildspargelarten lange, dünne Sprossen hervor, die gern gesammelt werden. Sie werden dann klein geschnitten und zu Spargel-Tortillas verarbeitet. Von Februar bis April sieht man oft Mallorkiner jeden Alters mit einem Bündel von Spargelsprossen in der Hand die Wegränder absuchen. In Palma wird dieser dünne, grüne Spargel dann an Straßenecken aber auch in Markthallen angeboten.

Wenn diese Sprossen erst einmal verholzt sind und Blätter und Stacheln angesetzt haben, sind sie zu nichts mehr nutze, es sei denn jemand holt sie ins Zimmer und macht ein Weihnachtsbäumchen daraus. Falls sich diese Sitte einbürgert, kann das vielen jungen Aleppokiefern das Leben retten. Die „Spargelbäumchen" sind tannenähnlicher als junge Kiefern, so klein, daß man sie auf jedes Tischchen stellen kann und sie erfüllen den gleichen Zweck. – Außerdem braucht man kein schlechtes Gewissen zu haben, wenn man sie bricht! –

# Wenn Ihnen „Verliebt in Mallorca" gefallen hat, werden Sie gewiß auch Herbert Heinrichs Band 4 gern lesen:

Es macht viel Freude, den Spuren des lebenslustigen Erzherzogs zu folgen, der vor hundert Jahren die vortouristischen Balearen so genau beschrieben hat. Das Buch ist ein Wegweiser zu dem ursprünglichen Mallorca, das an versteckten Stellen noch genau so erscheint, wie es der Erzherzog erlebt hat. Weit mehr als ein Wanderbuch, enthält es Originaltexte Ludwig Salvators mit Erläuterungen sowie viele Illustrationen nach alten Holzstichen aus den Werken des Erzherzogs und Gaston Vuilliers, neben Panoramakarten und Zeichnungen von der Hand des Autors.

# Wo erhält man Herbert Heinrichs Mallorca-Bücher?

**Auf Mallorca** führen sie praktisch alle Zeitschriften-Läden in den Touristik-Gebieten, aber auch die Buchhandlungen in Palma.

**In der Bundesrepublik Deutschland und in der Schweiz** werden sie von Buchhandlungen mit einer Abteilung für Reiseliteratur geführt. Ihr Buchhändler kann sie Ihnen hier bestellen:

**Verlag und Auslieferung für Spanien**
*EDITORIAL MOLL* — *Telefon Palma 72 44 72*
*Torre de l'Amor 4*
*E-07001 Palma de Mallorca*

**Auslieferung für Deutschland**
*ILH Geo Center* — *Telefon (07 11) 7 88 93 40*
*Postfach 80 08 30* — *Schockenriedstr. 40 A*
*D-7000 Stuttgart 80* — *Telex 7 255 508 ilhd*

**Auslieferung für die Schweiz**
*Neue Bücher AG* — *Telefon 01-2 02 74 74*
*Gotthardstraße 49*
*CH 8027 Zürich*